狗是唯一爱你甚过你自己的生物

湖 岸
Hu'an publications®

# 明天照常，小山！

### 托马斯·曼和小狗的
### 山间时光
### ｛插图版｝

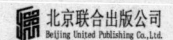

［德］托马斯·曼 —— 著

宁宵宵 —— 译
一风 —— 绘

北京联合出版公司

图书在版编目（CIP）数据

明天照常，小山！：托马斯·曼和小狗的山间时光：插图版/（德）托马斯·曼著；宁宵宵译.-- 北京：北京联合出版公司，2020.5
ISBN 978-7-5596-3793-2

Ⅰ.①明… Ⅱ.①托…②宁… Ⅲ.①散文集－德国－现代 Ⅳ.①I516.65

中国版本图书馆CIP数据核字(2019)第257016号

**明天照常，小山！——托马斯·曼和小狗的山间时光（插图版）**

作　　者：[德] 托马斯·曼
译　　者：宁宵宵
插　　图：一　风
责任编辑：牛炜征

北京联合出版公司出版
（北京市西城区德外大街83号楼9层 100088）
北京联合天畅文化传播公司发行
三河市紫恒印装有限公司印刷　新华书店经销
字数65千字　880毫米×1230毫米　1/32　6印张
2020年5月第1版　2020年5月第1次印刷
ISBN 978-7-5596-3793-2
定价：42.00元

版权所有，侵权必究
未经许可，不得以任何方式复制或抄袭本书部分或全部内容
本书若有质量问题，请与本公司图书销售中心联系调换。电话：(010) 64258472-800

# 目录

它从角落跑来　　　　　　　1

我们如何赢得了小山　　　　21

小山的生活方式和品性　　　39

猎区　　　　　　　　　　　79

捕猎　　　　　　　　　　　125

# 它从角落跑来

这个美丽的季节实至名归,鸟儿啁啾将前一天准时休息的我早早地叫醒,我愿意出去走走。在早餐之前,不用戴上帽子,到外边走上半个小时,不论是房前的林荫道还是稍远处的绿地,我只求能在开始一天的工作之前,呼吸几口新鲜空气,亲身参与到这纯净清晨的快乐之中。在步下房门口的台阶时,我总会吹两声口哨,一声轻一声重,就像是舒伯特《未完成交响曲》中第二乐章的开头那样。这是一个信号,可以看作某个双音节名字的替代。转眼间,就在走向花园大门时,我捕捉到一些细小的声音,开始时几乎听不到。它很快由远及近,渐渐变得清晰、欢快。这是警察发的犬类身份铭牌与颈圈碰撞发出的金属撞击声。我转过身，看到我的狗儿小山。它正从屋后的角落里拐出来，径直向我跑来。看那架势，它早有预谋要将我扑倒在地。因为用力，它的下唇微噘，露出两三颗下牙，在清晨的阳光中闪着白光。

它从位于门廊地板下的小窝里跑出来。在那里，它度过一个个充满各种变化的夜晚，直到清晨才能安心地睡上一会儿。当我的两声口哨响起时，它立马兴奋起来。小山的狗窝有着粗布帘子和稻草垫子，它躺下时皮毛会变得凌乱，这是小山身上总沾着一两根草秆的原因。有时候，稻草也会跑到它的脚趾缝里去。这场景让我想起一次看戏时的场景，舞台上的老伯爵刚从地牢里放出来，饥寒困顿，可怜的脚趾间就这么夹着一根草茎。小山看起来想要冲到我的两腿间，将我撞翻，这一招儿具有很强的迷惑性，我不由自主地摆出一副防御的架势。谁知它在最后一刻突然刹住车，转了个方向，这足以证明小山在身体和意图上都有良好的自控能力。现在，它开始围着我表演即兴的欢迎舞。它不太喜欢放开嗓子狂吠，而是喜欢全身都活动起来：它表达感情不只是摇尾巴，还总是跺着脚，整个腹部也热烈地抖动起来；此外，它还表演起弹跳、绕着自己转圈圈等拿手节目。但最引起我注意的却是它在表演时会露出害羞的神情，避免直视我的眼睛，好戏总在我转过身时才上演。当我弯腰向它伸出手时，小山会突然一跃，站直了身子，肩膀抵着我的胫骨，活像一具雕在柱子上的艺术品。正如此刻，它站直了，倚在我身上，后腿有力地撑在地上，仰着头自下而上地看着我的眼睛。我一边轻声向它问好，一边拍拍它的肩膀。它一改刚才的欢喜，专注而热情地定在那里，一动不动。

　　小山是一只德国短毛指示犬。当然，这取决于人们是否严格追溯种源——坦率说来,它算不上教科书式的指示犬。首先,小山的个头明显有点儿小(我必须强调,对于一只指示犬来说,它的个头确实小了点);其次,它的前腿不算直,微微向外翻,这一点也不符合人们对于纯种狗的刻板要求;另外,它的颈部出现了"垂皮",许多动物物种都会有这种带褶皱的皮囊,将它们装扮得非常威严,但这却被无情的训犬师归为缺点——我听说,猎犬的颈部皮肤以紧绷喉咙为最好。但令我感到骄傲的是,小山的皮毛色泽非常漂亮。它全身底色为赭色,上面点缀着黑色斑纹,在胸部、腹部和脚掌却夹杂着大量白毛,宽厚湿润的鼻子黑得好像在黑色颜料中染过。它的颅骨宽阔,耳部的线条冷峻,黑色与赭色交织成丝绒般的图案沿着它头部轮廓铺展开来,猛地看上去就像是虎纹。而最讨人喜欢的莫过于皮毛中不听话的各种旋、簇和尖了。特别是白色的毛旋集中在胸口,就像是骑士盔甲上的硬刺那样。这些丰富的色彩和变化却不被人们所接受。通常而言,人们以品相而非个性来判断生物的价值。正宗的指示犬多是单色,或是有不同颜色的斑点,绝不会出现小山这样的虎纹。而且它的嘴巴还生动地长出几根长长的毛,就像翘着的胡须。这么一来,又让人怀疑它多多少少接近于杜宾犬或雪纳瑞。

但不管是指示犬也好,还是杜宾犬也好,小山无疑是一只好狗——既漂亮又忠诚。说到这里就不得不提起我们的目光交流:它经常挺直上身,靠在我的膝盖上,抬头望着我的眼睛。那双眼睛美丽、温柔、机灵,微凸的形状多少显得有些发呆。它的眼睛与皮毛的颜色相同,也是赭色为主,黑色反光使得瞳孔扩大,而眼白并不那么清晰,看起来像是蒙了一层水汽。它头部的姿态总是给人一种善解人

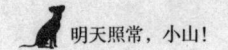

意的感觉，有一种雄性的阳刚气。这也充分表现在它的体态上：胸腔高耸，平滑的皮肤覆盖之下是一根根看得分明的肋骨；臀部夹紧，腿部紧绷，四肢健壮，这一切都带有猎人的气质——勇敢和阳刚即是猎人的美德。是的，培养猎人的特质在小山的性格教育中占了很大比重。如果有人问我它的出身，我只能回答它是一只地道的德国短毛指示犬，而且肯定不是近亲繁殖的后代。而这也正是平时我总拍着它的肩，说些乱七八糟、逻辑混乱的称赞之词的原因。

它站起来张望，仔细倾听和分辨着我声调里有怎样的感情变化，然后以短促的叫声对我表示赞同，这举动往往使我的声调也变得更加坚定。它喜欢突然把头一伸，好像要袭击我的脸、咬下我的鼻子，双唇却又只是象征性地一开一闭。这类哑剧显然是对我所说的话做出回答，我的反应通常是笑一笑,然后向后闪躲。小山对此也早有预料,并不十分介意。这是小山从小就独有的小花招——飞吻,一半是温柔,一半是淘气——总之,我从没在它的同胞和前任的身上见到过。此时的它正带着一种窘迫又欢快的心情,摇着尾巴,轻轻鞠躬,催促我赶紧结束复杂的心理活动,向着自由前进。于是,我们走出花园大门,向着田野走去。

大海一般的浪涛声包围了我们,我的房子紧挨着一条大河,汹涌奔流的河水甚至就在房子的露台上溅起飞沫。在房子与河流之间有一条林荫道,路被人们垫高,两旁种上了高大的杨树。每到六月,这附近都会变得一片雪白,杨树也像柳树一样,会四处播撒带有种子的飞絮。另外,栅栏围出了一块刚种上槭树苗的草地。河流的上游通向城市,离我家不远的地方正在修一座桥。工兵们穿着笨重的皮靴在木板上踩出吱吱的声音,指挥员时不时地大喊

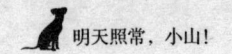

几声指令……这些声音都顺着河水传过来。河对岸也时常传来嘈杂的辛勤劳动的声音。在河流下游的方向，一家机床厂正在不停生产，这是顺应我们所处的这个时代的要求。厂房巨大的窗户每晚通宵灯光通明，也照亮了漆黑的夜晚。新油漆过的机器正一刻不停地运转着，汽笛还不时地吼上一嗓子，不知从何而来的低沉轰鸣声让空气也跟着颤抖起来。几个高高的烟囱里飘出浓烟，在微风吹拂下很快四散，飘过河对岸的树林，又艰难地飘过河面，但还没等到岸边就再也看不到了。我生活在近郊小镇上，这里融合了陷入沉思的大自然和繁忙得来不及思考的人类。此刻，晨间的清新正笼罩着一切。

按规矩我们总在七点半出门，但事实上往往提前一个小时便行动了。我倒背着手向前走去，阳光柔和地照耀着杨树林，投下长长的树影。我们沿着这条路走着，从这里我看不到河水，只能听到那急

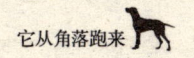

流奔涌所发出的声音。大河正在向着树林低语,此时林间的鸟儿们也醒了过来。它们叽叽喳喳、欢声鸣啭、尖声啁啾,以及它们结伴振翅飞离枝头时的声音,使得我们头顶上热闹极了。从东边飞来一架飞机,好像是一只庞大笨重的机械鸟在湛蓝的天空中滑过,发出的隆隆声随着动力的变化而增强或减弱。它越过我们所在的绿地和河流,按着既定的航线远去。小山非常舒展地跃过围栏,在左前方的草地上来回欢跳,这一幕也着实让我欢喜。它确定了我愿意看到它活泼的样子,为了讨我欢心才这样做,因为我经常喊着指令或是拍打栏杆,它完全明白我的意图。而当它达到我的愿望时,我也从不吝啬口头表扬它。它跨过栏杆之后,我会夸它真是个勇敢、灵巧的跳跃高手。小山对我的称赞总是热烈回应,跳起来试图亲我的脸,要是我伸手阻拦它,它会用吐着舌头的湿嘴巴舔脏我的胳膊。接下来就

明天照常，小山！

是它自娱自乐的早操时间了,也是整理毛皮的清洁时间,比如将身上的草茎抖搂干净。

早晨外出走走很有好处,能使人的感觉变得更年轻,此时心灵经过夜晚的沐浴和长长的睡眠也已经被整个净化过。在你满怀信心迎接全新一天之前,可能还会有些犹豫,而一段自由自在、无忧无虑的散步时光可以让你在睡梦和清醒之间有个缓冲地带,这便是散步的收获。带着一种稳定、简单、专注、闲逸的心情,展开对于生活的幻想,而这幻想无须与任何人分享,这种感觉让你感到幸福。无论现实中的状况是轻松还是混乱,是平静还是狂热,人们通常认为这是生活中的真实,是一种只属于他一个人的、将会持续下去的状态。他会将想象中的每一种令他感觉幸福的情况拔高,归结于自己一直坚守的良好习惯。哪怕他实际上只能勉强过活,这种遵守自订规则的做法也能让他感觉到幸

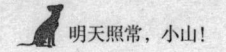

福。所以，此刻呼吸着的新鲜空气就能让你相信自己拥有自由和美德。虽然你也可能早就知道，尘世已经布好了一张大网，准备把你一网打尽。很可能你凌晨两点钟陷入激动、恍惚和狂热之中，第二天睡到九点还起不来，事情就是这样，规矩总是被自己打破的。今天你可能是个清醒、自制的早起者，是眼前这只指示犬的主人，可是更多的日子呢？小山刚刚再次跨过栏杆，它很高兴你今天愿意与它一起消磨清晨，而不是躲在房间里。

我们顺着林荫道走了大概五分钟，路已经到了尽头，前方不再是平整的大道，而是延伸到河边的砾石滩。我们走上一条较宽的石子路，它甚至像一般的林荫道那样留了一条自行车道。小路两旁还没有任何建筑，向右穿过地势较低的小树林，就到了一片斜坡。斜坡再往东便是大河的河堤，它标出了我们活动范围的东侧界线，也是小山最喜欢的游乐场。我们选择了另一条从树林通往草地的路,它继续往前就会到达城市的边界,那里满是电车和出租公寓。小路充满分岔,其中一条分支将我们引入一片环境优美却又荒无一人的区域。这里看起来像是疗养院的花园:中间拱起一个小山丘,环绕着它的小径旁布置着供人休息的长椅;小径还负责隔开不同的活动区域,其中有整洁的圆形广场,还有干净的儿童乐园;开放式、没有栏杆的草地上天然生长着几棵参天大树,仰头只能看到一截树干,而它们茂密的树冠和藤条似乎已经垂到了地面上。这里参差错落地种植着圆叶榆树、山毛榉、菩提树和柳树。我很喜欢这块优美的园林,我可以在这里不受任何干扰地散步,就好像它已经属于我了。此时我感觉全然无憾,石子小路在柔软的青草坡上铺展开来,水泥砌成的流水槽里流淌着清水。从这片幽雅深沉的园林看过去,隐约可见远处的别墅。

就在我停留此处流连忘返时，小山也陶醉于这片乐土。它让身体保持一定角度的前倾，疾驰着跑遍草地，欢快又愤怒地狂吠着追逐一只雏鸟。小鸟跌跌撞撞飞不高，总在小山的嘴边扑打翅膀——没准儿小鸟也想戏弄一下小山呢。我坐到长椅上，它也跟了过来，在我脚边趴下。对于小山来说有一条不成文的规矩——我走的时候它就跑，而我坐下时它也停下脚步，观察我的动静。对我来说，这举动并没有太大必要，小山却一直严格遵守。

能感到它坐在我的脚面上，用热乎乎的体温焐着我的双脚，这种感觉实在特别而惬意，还有些好笑。明快与同情在我胸中激荡，在小山注视和陪伴着我的时候，我时常会有这种感觉。这只指示犬的坐姿有着大型动物的霸气，肩胛骨向外翻着，爪子却往里扭着。然而，实际上它的形体与这种野性的坐姿并不相配，显得身子更小而且臃肿。不过，我

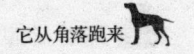

很喜欢这种坐姿的原因是，它胸前白色的毛旋被奇特地凸现出来，后颈支撑住漂亮的小脑袋弥补了坐姿的不美观，传递出一种全神贯注的信息。我们俩就这样不动，周围也随我们安静下来。远处河水的声音隐隐传来，这时周围一切细微的声音都被放大了，变得非常重要，让人莫名兴奋起来：一只蜥蜴爬过时的窸窸窣窣、鸟儿梳理羽毛时的短促嘤鸣、鼹鼠在地下翻掘土块的声音……小山的耳朵竖得直直的，已经达到耳郭所能达到的最大程度。它侧着头，好像这样能够听得更仔细一些。湿润的黑鼻头不断翕动着，努力分辨周围是否有猎物的气息，试图将气味和听到的声音结合在一起。

紧接着，它由坐改为卧，跟我的脚保持接触，又不会压得我不舒服。从侧面看去，它就像是斯芬克斯那样，摆出一副古老、刻板、令人敬仰的仪态，四条腿贴紧身体，爪子向前伸展，头和前胸向

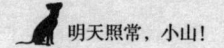

上抬起。太阳逐渐升起来了,小山在剧烈活动之后感觉有些热,便张开嘴,从洁白的尖牙之间伸出一条长长的、粉红色的舌头。它眯起眼睛,不时地眨一眨,那表情专注而又带着动物天然的本性。

# 我们如何赢得了小山

巴特特尔茨附近有一对经营山间客栈的母女：粗壮得惹人注目、长着一双黑眼睛的母亲，在她同样体格强健，也长着一双黑眼睛的女儿的帮助下，经营着家族生意。正是这位女老板为我们介绍了小山，并使我们最终得到了它。那是两年前的事情了，当时小山只有半岁。女店主名叫阿纳斯塔西娅，她知道我们的前一只狗——苏格兰牧羊犬珀西，因为年老逐渐患上了严重的精神疾病和丑陋的皮肤病。我们不得不请人将它人道毁灭，但从此我们家就缺少了一个忠实的守卫者和伙伴。阿纳斯塔西娅从山上打电话来告诉我们，她那儿有一只狗我们肯定会喜欢，而她已经不想再花钱花时间来养它

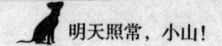

了，我们随时都可以去一趟，把它领回来。

　　孩子不停催促，大人的好奇心也渐渐加重了，第二天下午我们便前往阿纳斯塔西娅的山间客栈。等到那儿时，女店主正在热气腾腾、飘出阵阵饭香味的厨房里为房客们忙活晚餐。她浑圆的胳膊一刻不停，圆滚滚的身子敞着领口，脸上带着劳动的红晕，汗流满面。她的女儿一般要为母亲打下手，此刻也很忙碌，却保持在一种平静的情绪之中。我们路上很顺利，自己找到了这山里来，并没有因为需要问路而给她们添麻烦，也因此受到了女店主热情的称赞。我们一家从进门开始就东张西望，她的女儿蕾西发觉之后，便带我们来到厨房的餐桌前，她双手撑在膝盖上半蹲下来，用一种热情而夸张的语调朝着桌子底下说了几句亲热的话。直到这时我们才发现，壁炉里过亮的火光使我们根本没有注意到，桌腿上拴着一根旧绳子，而绳子另一端系着一只动物——不过，这是狗吗？无论谁看到眼前这个东西，都会发出几声惨笑吧。

它的腿很细长，整个重心压在膝盖外翻的前肢上，尾巴夹在两条后腿之间，四脚靠拢在一起，弓着背，探着头，身体微微颤抖，大概因为一下子被那么多生人围着而感到害怕。我觉得它简直就是皮包骨，而且一眼看上去就能数清有几根骨头，身上几乎没有脂肪和肌肉来保持体温。它使劲将耳朵向后靠，这就抵消了一般狗类那种懂事和讨好的神情。如果它的脸上也浮现那样的表情，结果只能适得其反，令人感觉到愚蠢又可怜，情不自禁地想要原谅它。刚才我提到了它嘴边的翘胡须，小时候居然比现在还要浓密，简直就是个满腹忧愁的小老头。

大家纷纷弯下腰，想要逗弄和安慰这个倒霉蛋。它博得了大家的同情和好感，孩子们发出了快

明天照常，小山！

乐的欢呼声。这时,阿纳斯塔西娅从炉灶边走过来,向我们介绍了这只狗。当时,它还叫作"卢克斯",阿纳斯塔西娅声称它绝对是优良品种的后代。她用一种庄重的语调介绍了它的身世:卢克斯出生在胡格芬附近的一座庄园,不过她也只见过卢克斯的母亲,至于父亲是何方神圣还有待考据。可能就是因为这个原因,主人希望把它便宜地卖掉。而阿纳斯塔西娅夸口,她的旅舍来来往往很多人,肯定能够卖个好价钱,于是就把它带了回来。她驾着马车回来,卢克斯就跟在马车后面足足跑了二十公里,真是个不轻易放弃的好家伙!女店主说当时她马上就想到了我们,因为珀西去世之后,我们正发愁找不到一只好狗。她几乎可以肯定我们会买下它。当然,我们这么做对双方都有好处:首先,我们肯定会喜欢上它;而卢克斯也因为被关爱而不再孤独,有了一个可靠的归宿;至于她,自然也不会为狗担心，还搭上时间、金钱和精力了。她从我们的脸色上看出了担心，特意劝我们说，千万不要因为它现在的落魄相就对它产生不好的印象。处在完全陌生的环境里，小狗难免会惊慌失措，相信很快它就能证明自己确实出自名门。

"是的……但是，看上去它父母的配对发生了一些问题吧？"

"没有的事，双方都有着优良的血统，双方最佳的素质都集中在卢克斯身上，"阿纳斯塔西娅向我们担保，"而且它在饮食方面也很爽快，迄今为止只是以吃土豆皮为主，丝毫没有娇生惯养，这在今天非常难得。"她自信而大胆地建议，我们不妨先把它带回家待几天。如果我们不喜欢它，还可以再把狗还给她，不受任何限制，她保证会归还买狗的那点儿钱。她似乎根本不担心我们会让她遵守诺言。因为阿纳斯塔西娅发现了它，暂时比我们更了解它，同时也知道我们一家是什么样的人。她从一开始就确信，我们会喜欢卢克斯，只要带它回去就再也不愿与之分离。

她还说了很多类似意思的话，平静、流畅，令人感到很舒服，同时一刻不停地在灶台上忙活，用力向炉子里一捅，火苗就像是被施了魔法一般变旺。为了说服我们，她甚至走过来，用手掰开卢克斯的嘴巴，给我们看它雪白的牙齿和粉红色的腭部。说实话，从这些地方来看，它的身体素质还不错。但对于我们的提问，比如它是否发过狗瘟等，女店主很不耐烦地表示她也不清楚。那么它能长到多大呢？她讨巧地说，跟之前死去的珀西个头差不多。我们大人还是有些犹豫，孩子们却不断为它求情，阿纳斯塔西娅也热心地解答疑惑、反复劝说。但我们还是无法做出决定。最后，我请求她让我们全家再考虑一下，她爽快地同意了。于是我们稍微

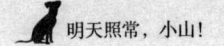

离开客栈，走到山谷里，回味和审视那个可怜的小东西留在我们心目中的影子。

那只蜷缩在桌子下面、瑟瑟发抖的小狗似乎总带着苦恼，正是那股劲吸引了孩子们。而大人们绝不能像他们那样丧失判断力，做出日后将要后悔、白费力气的选择。但我们也清楚地意识到很难再把卢克斯从记忆中抹去，这令我平添烦恼。要是我们都看不起它、不要它，它的命运会怎样呢？它会落入什么人的手中？我们不由自主地想起一副狰狞的面孔——那个专门剥狗皮的人。当初他企图将珀西大卸八块，我们用几颗子弹吓跑了他，并在花园边为珀西修建了一座小小的坟墓。如果我们能容忍卢克斯遭遇悲惨的未来，今天就不应该到这里来认识它，也不应该仔细打量它那长着翘胡须的少年老成的模样。一旦知道了它的存在，我们就必须肩负一种责任，阿纳斯塔西娅说得很对，我们无法拒绝。

于是，第三天我们再次登上阿尔卑斯山支脉，拜访她的客栈——并不是我们对它非常满意、非它不可了，只是我们清楚地看到了自己的内心，这事情不会再有其他结果了。

这次，女店主和她的女儿正在喝咖啡，面对面坐在厨房的餐桌旁。卢克斯就趴在她俩之间。从那时起，它就养成了今天这样粗鲁的坐姿，肩胛骨外翻，爪子朝里。她们还在它的旧颈圈上别了一束野花。它的形象就像个阿尔卑斯山区举办传统婚礼的新郎，而神情也变得更有活力，活脱脱是一个快乐的农村小伙子。女店主的女儿蕾西也换上了漂亮的节日盛装，她说这是为了庆祝卢克斯找到好主人和新家。母女两人都坚持说，她们早就知道我们会带走它，而且就在今天。

这样一来，我们就不可能再讨价还价了。阿纳斯塔西娅向我们礼貌地表示感谢之后，宣布一共十个马克。当然了,这笔钱并不是为了她自己的利益,或庄园主人的利益,而只是为了让我们知道卢卡斯的价值,用一个具体的数字给这个可怜的小家伙以价值。我们当然明白,也很乐意付款。于是她将卢克斯的绳子从桌腿上解开,然后把绳子的一头交给了我。伴着热烈而友好的祝福声,我们一家人走出了阿纳斯塔西娅的厨房。

牵着这个家庭的新成员,我们走了整整一个小时的路。这一路可并不风光,尤其是我们的"阿尔卑斯新郎",在颠跑中它的小花束散落了,又重新变得没精打采。我们从路上的行人眼中也看到了不同的风景,有人为我们高兴,有人则露出了嘲讽的神情。当我们穿过集市时,情况更糟糕了。直到这时我们才发现,卢克斯患有很严重的腹泻,而且看上去病了很久。我们没走几步就要停下来,全家人围成一圈掩护它就地方便,而这一切都被城里人看在眼里。我在心里暗问：该不会是得了狗瘟吧，而且已经很严重了？后来证明，我纯粹是过分担忧了，我们确实买了一只纯正、健康、强壮的好狗。直到今天，它从没有得过瘟疫和疾病，这是它的基本素质决定的。

终于回到家里，我们把女仆们叫来，认识一下这位家中的新成员，也想听听她们的真实看法。可以看出，她们闻讯而来的时候准备好了一堆赞美词。可是第一眼看到它，再看看我们疑惑的表情，她们忍不住笑起来，之后便不再看狗儿一眼，从心底抵触和否定了它。我们的疑问更加清晰了：要是告诉她们，我们为它支付了十马克，她们会理解吗？她们肯定不会认为阿纳斯塔西娅是出于善良的用意而向我们索取费用。于是我们只能撒谎说狗是人家送给我们的，然后就牵着卢克斯来到阳台上。女仆为它准备了进入新家的第一顿招待餐——残羹

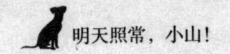

剩菜组成的、营养丰富的一餐。

由于对陌生环境的警惕，或生性胆小懦弱，卢克斯只是闻了闻这顿饭，然后就畏缩地躲到了一旁。大概它也不敢相信奶酪皮和鸡腿是为它准备的。不过，它倒是很喜欢过道上那个塞满大叶藻的枕头，这也是为它准备的。卢克斯什么都没有吃，就在枕头边缩着爪子睡着了。我们一家在房里商量着给它起一个新名字，最后决定了它后来使用的这个名字——小山。

第二天，它还是拒绝进食，第三天开始变好了。之后经历了一段暴饮暴食——毫无节制又不加区分地吞掉一切能吃的食物——才慢慢恢复了正常的饮食规律，并获得了审视食物的尊严。它逐渐适应了这里的环境，并巩固了在这个家庭中的位置。我并没有很忠实地记录这一过程，因为没过几天小山就失踪了——有一天，孩子们带它去花园玩，解开绳子希望它能自由活动一会儿，它却趁人不注意钻过栅栏门底部的一个低矮窟窿，慌慌张张地逃走了。它的失踪使得全家人非常悲伤和气愤，不过女仆们却对此很不理解———一只别人送的狗根本算不上是损失，也不值得我们这么难过。我们一直向阿纳斯塔西娅的客栈打电话询问，满怀希望它是留恋那里才跑回去，可是阿纳斯塔西娅说根本没看到它的影子。两天之后，她打电话通知我们，胡格芬的庄园那边来了消息，一个半小时前卢克斯跑回了原来主人的家中——是的，它的本能让它忘不了那个最初的家庭，虽然吃的是土豆皮。当初它离开家的时候，跟在车轮后面跑了二十公里，现在又在数日的独自跋涉中顶风冒雨，征服了回家的旅程。还好，原先的主人很讲信用，重新套上马车将它送回阿纳斯塔西娅的客栈。又过了两日，我们也再次动身去接这位迷途的英雄回家。我们发现它再次被拴在了餐桌的桌腿上，肩胛骨微微向外翻，爪子朝里，四只脚并在一起。它浑身溅满了泥点，看起来疲惫极了。但当它看到我们时，它竟认出了我们，并发出了快乐的信号！唉，那当初又何必离开我们呢？

又过了一段日子，小山已经忘掉了过去的主人，但在心底还没有接受我们成为它的新主人。于是它的心自由了，就像一片被风吹走的叶子。在外出散步或玩耍时，我们必须对它严加防范，因为狡猾的它可能悄悄挣脱那根细细的狗绳，一如我们之间脆弱的感情纽带。它可能会回到森林里，回归它的祖先独居野生的状态，没人知道那种命运会有多么凄惨。而我们家的关怀却能使它免于饥寒，让它留在自然界进化程度最高的人类身边。之后，我们的生活发生了一次非常重要的变化——我们搬到了城郊河边的一处房子里。这一次，小山变得非常依

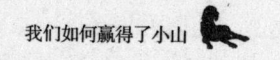

赖我们家的每一个成员，真正从心里接纳我们成为主人，并与这个家紧紧地联系在了一起。

# 小山的生活方式和品性

当小山刚来到我们家时,伊萨尔河谷的一位熟人就警告过我,这种狗非常黏人,总是待在主人身边。小山对我确实有着一种坚忍不拔的忠诚劲儿,但我并没有因此就变得飘飘然。每次它跟在我后面,我总会把它挡回去,因为有必要这样做。狗类有一种从远古传下来的天性,它们自身崇拜阳刚、热爱自由,这一点跟男人很像。而它也会把身为一家之主的男主人视为家庭和种群的保护者,无条件地遵从这位主人,敬重他,听从他发号施令,保持着作为忠顺奴仆的关系;而主人对它的信任与关注也体现了它自身的尊严。这种忠诚也就要求它与家庭中的其他成员保持一定距离,他们并非它的主人。小山几乎从第一天就看明白了我们家的结构,它总是用眼睛询问我是否有什么吩咐,但我不愿意轻易发出指令。很快事实便证明我的判断是正确的,小山的执行能力并不比它的忠诚愿望更强烈。它紧盯着我只是出于狗类的天性,显示一种与主人密不可分的地位。比如在家庭聚会时,它总是趴在我的脚边,别的家庭成员唤它也不应。如果我外出买东西或办事,它总喜欢紧跟我的脚步,它大概认为这是一种理所当然的守护。如果我忙着写作,它也会坚持陪在我身边。最令人惊奇的就是,如果我房间那扇通往花园的门关上了,小山会猛地一蹿,从敞开的窗户里跳进来,丝毫不顾爪子带进来的沙子和泥土,喘着粗气径直钻到写字台底下去。

可是,人们很难忽视一个生命的存在,尽管有时可能过分敏感,但当一只狗在场时往往会扰乱我们的思绪。很多时候我需要一个人独处,那么小山的存在就是一种明显的干扰。它在我的椅子旁边摇着尾巴，用饱含眷恋的目光凝视我，急切不安地变换着脚步。这时哪怕我报以最微小的回应，都会引得它把前腿抬起来，搭在沙发椅的扶手上，整个头凑到我跟前，用那套飞吻的把戏逗我开心。它有时会转头巡视桌面，大概不明白我为什么总是保持前倾姿势，全神贯注地在桌面上忙活，这上面也不像是有食物啊！它毛茸茸的爪子一伸，我刚写好的稿纸也就弄脏了。此时，我便会严厉地命令它安静，于是小山往往一副百无聊赖的表情，趴在我脚边，很快就睡着。可是它睡着了也不消停。一旦入睡便好像进入梦乡，四肢张开不说，它还微微动着，好像在梦里仍在奔跑，同时喉咙中还传出高高低低的咕噜声，好像正在另一个世界狂吠不已。这总有些吓人，难免会令人分心，而且还令我隐隐有些良心不安。这种梦境里的生活显然是出于本能对于奔跑和捕猎的向往，更加符合它在我面前隐藏起来的天性。由于人类要求它们乖巧驯服，它那种在野外活动中天真快乐的天性久久得不到满足。很遗憾的是，我也无法改变这种情况。相对而言，摆脱小山带给我的不安更容易一些。我找出各种抵消愧疚感的理由：天气不好时，它的爪子总把房间弄得一团糟，尖尖的爪子总是破坏家具、抓烂地毯，等等。

后来，只要我在家，我基本就不允许它进到起居室里，跟我待在一起，除非有时候特例开恩。它很快明白了这道禁令，对这一条有悖常理的要求表示服从。它大概觉得这也是主人与它之间特有的、微妙的关系。我留在家里的大部分时间集中在冬季白天，它只需要跟我保持一定距离，而非真正地分离。不能直接长时间停在我身边，对它来说只是执行命令。只要不被我看到就好，我并不过多地干涉小山在这段时间里做了些什么，它也可以拥有自己的独立生活。透过房间的大玻璃门，我有时会看到它趴在房子前面的小草坪上，像一个老人那样看着孩子们做游戏，有时候还笨拙地参与其中。它时常悄悄走到门口，玻璃门内悬挂着的薄纱帘让它无法看到里面，所以只好闻一闻门缝，确认我真的在屋里，然后转身走到门廊里，蹲坐在门前守卫着我。我从书桌上抬起头向外眺望，可以看到它在花园外面的林荫道上溜达，在两排高高的老杨树之间满怀心事。这样的散步只是消磨时间，小山没有机会表现它天性中的自豪与活力，更谈不上快乐。这样的猎狗还能独立捕猎吗？这一刻并没有人妨碍它展露天性啊，就连我这个主人都没有出场，更没有命令它安静驯服。

当我外出时，它的生活才刚开始。其实那时也还算不上真正开始，因为我出门往哪边走还是个问题：向右转，沿着林荫道走下去，将会一直通向我们捕猎的荒郊野外；或是向左转，去到可以把我载往城里的电车的车站——只有前一种情况对于小山才有意义。一开始，不管我去哪儿，它都紧随其后。当我左转去城里时，它被隆隆而过的电车吓了一跳，但又不能在主人面前表现出丝毫的恐惧，只能极力抑制住自己的情绪，盲目而鲁莽地跃上电车的平台，挤在西装革履的人中间。可惜其他人并不像我们家人对它那么友好，小山触犯了众怒被赶下来，只能跟在电车后面狂跑。这电车可不像它曾经追逐过的小马车，一直匀速向前开动。只有电车停靠到站时，它才得空停下来歇一歇；只要再次开动，小山就不得不气喘吁吁地跟过来，脚步就快跟不上了。另外，城里的喧嚣复杂也使得这只从小生长在山区的狗儿变得不知所措。眼前突然出现那么多只快速移动的脚，陌生的野狗可能会从小巷里蹿出来攻击它的侧面，城市的各个角落传出千奇百怪的味道……这一切刺激并迷惑着它的神经。屋角或电线杆上留下的其他狗儿撒尿的标记,对它来说也很新鲜刺激,无法抗拒。不可避免地,小山落在了后面。等它反应过来去追赶前面的电车时,追上的已经不是我在的那辆车了。就这样,它被错误的车越带越远,到了一个完全陌生的地方。这一次迷路又过了两天,小山才找到回家的路。它饿坏了,不知道发生了什么,连腿也半瘸了。可主人安然坐在家中,显然没有它的护卫也没发生什么,倒是它自己经历了一番颠沛流离。

之后又有第二次和第三次。几次三番后,小山就死了心,再也不陪我到城里去了。只要我一出门,它就从门洞里的脚垫上一跃而起——它总是趴在那里等我出门。这时,它会通过观察判断我是去郊外的猎区还是去城里——我的衣服,还有我是否拿着手杖,以及我的表情、动作和目光(是冷冷地瞥它一眼,还是热情地鼓励它)……它都能自己看明白。当它有把握今天可以跟我出去散步时,它会一头冲下台阶,以自己的身体为轴心转圈圈,毫不掩饰自己的兴奋,抢在我前头就冲出大门。如果希望落空,它根本就不站起身,只是蜷缩在那里,耳朵向后贴着脑袋,面无表情,目光呆呆的,仿佛经历过痛苦折磨,整个垮掉了。我不忍细看它眼中的可怜相,因为这是人带给动物的不幸。

有时,小山跟我外出的愿望太强烈,以至于不相信自己看到了什么,也否认我所穿戴的行头——手杖可以说是我本人身份的象征,城中的中产阶级无不如此——它知道看到那根手杖就全完了,别再指望能去猎区好好跑一跑。但有几次它试图影响我的决定,在我的腿边磕磕绊绊,争在前面挤出小门,到了外面就撒欢,企图吸引我的视线,然后便朝着林荫道飞奔,想方设法把我往右边引,还频频回头找我，生怕我做出对其行为的否定。可要是我当真不理它、走向左边时，它也只好垂头丧气地跟回来，从胸腔发出充满杂音的喘气声，呼哧呼哧的，像是控诉我白费了它一番力气。我想这是因为它的内心非常紧张。它陪着我沿着花园的篱笆走，反反复复地跨越小径另一侧公共绿地的栅栏。这栅栏有些高度，而且顶端是尖的。小山深吸气，发出担心的呻吟。我将它的行为看作抵挡现实的跳跃，它希望用自己的努力来博得我的欢心和注意。我也想给它一些惊喜，但又基本没有可能。有时我们沿着栅栏走到草地的尽头，然后就离开通往城里的路，再次左拐绕一段弯路。那里有一个邮筒，我可以先去寄信，再去野外。这种情况偶尔发生，但太少了。小山渐渐也放弃了这个希望，坐在草地的尽头，目送我走向远方。

　　它坐在路中间，还是那副"山村小伙子"一

般、略显笨拙傻气的姿势，看着我慢慢走向越来越繁忙的城市景观。我回头看它，它那无精打采、原本贴着头顶的耳朵会竖起来，但它并不起身跟来，即使我呼唤它的名字或是打了个呼哨，因为它知道毫无意义。草地的尽头连着林荫道，林荫道的尽头就是城市。当我走到另一端时，我回头还能看到它坐在那里，成为土路中间一个小小的黑点。这场面令我心头一震，怀着万分内疚登上电车。小山就一直这样等着我。谁都知道等待是什么滋味，但它的生活就是等待，等着主人能够带它去散步，等着主人给它某个指令。它刚从上次外出的疲劳和兴奋中恢复过来，就开始期待下一次的到来。这种等待不分昼夜，因为它的睡眠零散分布在一天二十四小时之中。天气好时，它在花园的小草坪上睡去，阳光晒暖它的皮毛；天气不好时，它就在狗窝的粗布帘子后面，打发着无聊的漫漫长日。郊区的夜间往往非常静谧，越是在这样的院子里，各种细微的声响反而被加倍放大。这些动静在黑暗中折磨着它，加上白天的休养，小山就更加睡不着了。它在院子和花园里巡逻，或趴或卧，耐心等待天亮的信号。守门人在破晓时拎着马灯再次到来，他沉重的脚步往往引起小山兴奋的吠叫声。它等着启明星升起，天边泛起鱼肚白，邻家的公鸡冷不防地发出第一声叫醒世界的高歌，晨风也舒展开来在树林间流动。之后，厨娘将通往花园的门打开，它就可以钻进屋里来，在炉灶边稍稍暖和一会儿了。

可我却愿意相信，与它白天所受的煎熬相比，夜晚的无聊只能算是轻的。尤其是风和日丽的时候，无论春夏秋冬，只要阳光明媚诱人，去猎区好好运动一下的渴望就在小山的血液和肌肉中躁动。但没有主人出场，它就不可能自己跑出去单独行动，而身为主人的我情愿坐在起居室的玻璃门后忙着自己的事情。蓬勃的生命力在小山的体内快速急切地斗争着。它早已经休息过来了,不需要再睡下去,只能在我房间的露台外面转悠,从心底发出一声叹息,然后便按捺住内心的苦闷,趴在砾石之上,把头枕在前爪上,非常难过地抬头看天,不知道谁能拯救它于煎熬。几秒钟之后,小山就腻烦了自己一副受难者的苦相,琢磨着还可以做些什么。它转身跑下台阶,来到一棵金字塔造型的柏树旁,两边都是修剪好的玫瑰花坛。它习惯在这棵小树右侧方便,正如此时抬起一条后腿撒尿。这使得每年都会有几棵树因"养分"太充足而死去,为此我们不得不种上新苗。总之,它为了缓解心中的焦虑,需要做一些能够分心的闲事。哪怕此刻并没有内急,它也坚持撒尿的姿势,三条腿定定地站在那里,一直站到抬起来的那条腿开始打战,才不得不跳一跳,恢复常态。可是四条腿站立也并没有舒服到哪里去，它呆呆地仰望着白蜡树的树枝，此时有两只鸟儿唱着歌掠过树梢。小山就这样看着鸟儿自由自在飞翔，像箭一般向着天空飞去，却装作不在意地转过头耸耸肩。接下来，它像是要把自己抻长一点儿一般，使劲地伸了一下懒腰。具体动作可以分解成为两部分：先是伸展前腿，把屁股撅向空中；然后是后腿，一连串之间伴随着两个毫不顾忌的大哈欠。按照常规，伸展到这个程度也就伸不了了，所以它只能盯着地面，神情有些沮丧。接下来它开始在原地寻找着什么，不停地转身，又好像是不知道以什么样的方式躺下更舒服。

很快它就改变了主意，缓缓走到小草坪的中央，猛地仰面躺下，仿佛把自己掷给大地。刚修剪过的草坪发出独特的清香，它活泼地打起滚来，像是给背部挠痒痒，又像是借泥土来降降温。我猜这么做能带来强烈的快感，因为它一边滚一边缩起爪

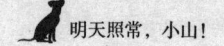

子，嘴伸向空中，陶醉得乱抓乱咬。这种入迷的状态持续了一阵子，直到它自己觉得尽兴。即使是出于喜悦，它打滚从来也不会超过十秒钟，随之而来的不是心满意足的惬意和疲乏，反而是加倍的空虚和失落。它为自己的放纵而感到羞愧，这便是代价。它翻着白眼侧卧着，一动不动好像晕死过去。

然后它重又抖抖皮毛，站立起来。似乎只有狗类可以这样肆无忌惮地抖毛而不用担心会得脑震荡。它甩着头，发出噼里啪啦的声音，耳朵拍打着头顶和下颌，尖牙龇出上唇边缘，发出耀眼的白光。接下来做什么呢？它一动不动地站着发呆，就在平坦的小草坪上——它也不知道做些什么。这时候它不得不向家里的其他成员求助。它再一次走上露台，来到玻璃门前，显出一副令人心碎的可怜相。它耷拉下耳朵，犹豫地抬起一只前爪，轻轻地挠了一下门——只是轻轻的一下。可就是这样迟缓、反复掂量地下决心，令我无比感动。我终于坐不住了，站起身来为它开门，放它进入起居室，虽然我知道自己很快就会后悔。果然，它马上就开始上蹿下跳，敦促我去做一些男子汉应该做的事，比如打猎。看着被它踩脏的地毯、撞乱的室内摆设，简直是一片狼藉，我内心中的安宁很快就荡然无存。

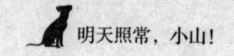

读到这里，读者也不妨想一想，在详细观察过小山的等待之后，我怎能轻松地搭乘电车离去，让它继续保持伤心的姿态蹲坐在林荫道的中央，渐渐成为一个模糊的小黑点？夏季的日头很长，这样的不幸似乎还有回旋的余地。在我早早到家之后，还是有希望在傍晚去猎区散步。这样就算早晨等得再痛苦，小山也还是会满足。运气好的话，我们还会遇到野兔，它会因为追逐兔子而获得天大的愉快。可是一旦到了冬天，我出门就已经是中午，这一天算是没指望了。小山被迫失望地面对接下来的一整天，因为即使我这一天可能第二次外出，夜幕也已经降临。我不可能走向黑漆漆的猎区，而是选择有路灯的地区，沿着河流的上游走去，穿过城市里的道路和草地。这完全不是小山喜欢的散步，它天真纯朴地认为只有大自然才配得上散步这词。一开始它还会跟我走几次，但后来干脆懒得跟来了，宁愿留在家里。这不仅因为城市里缺少可以追逐嬉戏的自由,而且忽明忽暗的气氛也让动物感到惊恐。它可能没看清路,一头扎进灌木丛,也可能因为警察的灰色披风而吓一跳,然后对着同样心惊胆战的警察狂吠不已。这时候警察往往会讪讪地咒骂小山和我,威胁要抓走它,以抵消他受到的惊吓和受损的面子。小山的眼神说不上太好,每当夜里或是大雾弥漫的日子我们就会遇到倒霉事。说到这里,小山最不喜欢的三种人是警察、僧人和扫烟囱的工人。不知为什么,它能认出他们,也很讨厌他们。不管是人家从我家门口路过还是我们在路上撞见了,小山总是无休止地狂吠并摆出一副攻击的架势。

不过,现在正好是冬天,我们由自由和美德构成的世界可以被肆无忌惮地加以调整,一种更有规律、更加专注的生活占了上风。我试图退隐和静思,可越是这样,城市对我就越有吸引力。特别是晚上，社交聚会几乎不可避免。我往往搭乘午夜时分的最后一班电车回家，下车已经是倒数第二站。如果更晚的话，电车就没有了。我只能步行回家，醉醺醺的，神志不清，或是抽着烟，疲惫早已超出自己能够承受的范围，对于一切都视而不见。只有我的家庭和它所代表的平静生活能够接受我，没有责备和气恼。所有人都迁就着我，特别是小山，会非常喜悦地迎接我。在一团黑暗之中，不远处的河流暗藏着危险，可我拐到林荫道上便感觉到周围有一种欢快的气氛，似乎是有什么东西在蹦跶、撒欢。"是你吗，小山？"我朝着黑暗喊。这时，蹦跳撒欢的频率加大，变成了一种无言的狂舞。我站住不走了，这时便感觉到胸前的大衣开领上搭着一双大大的爪子，它们又湿又脏却无比热情忠诚，脸上能感受到它重重的鼻息和呼出的热气。它扑得我不得不向后仰去，伸手拍拍它瘦削的肩膀，那里早已被冬夜的冷雨或雪花打湿……是啊，它来接我回家，这宝贝。它大概一直留心我的动静，前几次摸清了我的规律，觉得时候差不多就跑来车站前等我。也许它一直在等，已经等了很久。无论下雨飘雪，它只要等到我回来就会快乐地迎上来，并不计较我今天是不是回得更晚了，也不顾我白天完全不顾它的感受，让它所有的期待都落了空。我从心里感谢它，不停地拍拍它的这里那里，然后一起向着家的方向走去。我告诉它干得漂亮，并且对它保证，或者说是向我自己承诺，不管明天是什么天气，我肯定会跟它一起去猎区散步。在这样的决心之下，我的醉意变得不那么重，头脑也恢复了清醒，甚至变得更加真诚。思想早已伸展到了偏僻荒芜的猎区，那里藏着高远、隐秘和特殊的责任……

然而，我想进一步解释一下小山的特别性格，为各位读者的想象提供一些生动的可能性。对于一位老练的作家来说，这并非难事，因为已经去世的珀西尽可以拿来做一个比较。两只狗之间有着明显的不同，很难想象它们居然是同一物种。它们之间的根本区别在于精神——小山在这个方面完全天然、健康，而珀西则有着名贵犬种惯有的毛病，呆滞愚蠢、性格古怪，可以算得上是喂养过度的宠儿。我并非偏爱哪一只，只是小山有一种朴实的情感。比如在我外出归来，它们对我表示欢迎时，小山总是充满热情却又不超出自制的底线，而珀西在某些场合会变得有些不可理喻，甚至惹人恼怒。

我这样说可能还不足以解释清楚它俩之间到底有什么不同，实际上这区别是够复杂的。小山在某些方面更像是一个人，虽然粗鲁，但也容易陷入伤感。而它的前辈珀西却把更多的温柔藏在足以自豪的骄矜之后，除了在某些场合有些蠢之外，大多数情况下都显得比这个"山村小青年"更有教养和自我约束力。但生活并非一派高贵，我更愿意尊重真实的力量，所以我更喜欢小山身上那种粗鲁却又脆弱、深情却又坚毅的对立统一。举例来说，小山在最寒冷的冬夜也待在自己的狗窝里，干草和粗布帘子只能带来些许温暖。这并非主人不人道，而是它小便频繁，如果一夜七个小时都关在屋里憋得难受，对它来说反而是一种折磨。所以我们才狠心，即使在阴冷的寒冬也把它关在门外。当然，这也是因为它的身体健康出色。同样的情况要是换了体格较弱的珀西，肯定早就受不了了。

有一次，在冰冷的大雾夜晚之后，小山呼出的湿气在它的翘胡子上结了一层冰霜。它好像着凉感冒了，发出了狗类特有的单声咳嗽，几乎没力气跑来跟我亲热。不过，在休息几个小时之后，它便什么事都没有似的，一派天真地向我跑了过来。不过，小山也并非大无畏。它怕疼，一丁点儿的疼痛都会让它摆出一副苦瓜脸。这当然会引起主人的不满,但小山了解我的心思,只要它马上天真地逗我开心,我心头的不快就会烟消云散了。有一次,我带它在灌木丛里捕猎。时不时它的尖叫会吓我一跳,不是被树莓的刺扎到,就是被晃动的树枝打到。要是跨越栏杆时蹭破了皮或扭了脚,小山都会像舞台上扮演古代英雄的角色那样大喊大叫,瘸着一条腿,不停地哭泣和抱怨。这时候你不能表露同情,因为越是安慰它,它就越来劲。不消一刻钟,小山就恢复了先前的欢快和自如,在原野里尽情奔跑跳跃。

事情到了珀西这里就变复杂了,它特别害怕疼痛。有时候我会用皮鞭或手杖责打它们,它跟小山一样害怕挨鞭子,但它挨打的次数却比小山多。大概因为它活着的时候我还很年轻,脾气也更暴躁。此外,它没头没脑的行为也确实更讨厌,总在挨打之后大声嚎叫,企图引起其他人的同情和营救,而不是反思自己的过错,这实在令人气愤。后来,它只要看到我将皮鞭从钉子上取下来,马上就钻到桌子或椅子下面躲起来。而当小山看到我抬胳膊时,还没挨打就开始狂吠,没脸没皮的样子反而让我心疼。它的表现几乎从没为自己招来过惩罚,因为我也渐渐学会了顺应狗儿的天性,并不过分苛责,这在一定程度上避免了冲突的发生。

比如,我就从不像其他饲养名贵犬类的主人那样,要求小山表演特技,那样只是白费力气。它不是学徒或乞讨卖艺者,也不是我的滑稽可笑、供人消遣的随从。它只是一个精力充沛的猎手,超强的跳跃能力尤为突出。说到这里,不得不称赞小山,它可以越过任何障碍。假如障碍物实在太高,无法一跃而过,它会跳上一半的高度,然后借力爬上去;到了另一边,再跳下来或是滚下来:不管怎样，它都能过去。当然，所谓的障碍物上没有窟窿或地沟可供它钻过去，不然它才不费这力气。一堵高墙、一条深沟、一道带尖儿的栅栏、一堵严实的篱笆，这些才是它要挑战的障碍。一根木杆或我的手杖明显算不上障碍，对此它情愿绕着走。总之，它只挑战那些它认为是障碍的难题，其他的都断然拒绝。你生气也拿它没办法，最后只能自己动手，抓住脖子把这个家伙扔过去。这时你会发现，那家伙早就准备好一副得逞了的样子，用跳舞和兴奋的叫声来庆祝你的妥协。对此无论你是迎合还是惩罚，它就是不顾你的想法，好像在向你宣布：你无法制服它。但这并非对主人的怠慢或反抗，主人是否满意对它来说还是非常重要的。每当它在我的指令下跃过一道密实的矮树丛，它总是很高兴、很自豪地跑来向我要求奖励，哪怕就是一句"干得漂亮"。可是它偏偏不愿意跨越手杖，每每都要从下面钻过去。这就意味着主人不能在别人面前炫耀它的出色,为此它甘愿忍受最可怕的鞭打。它会一直用目光和呜咽求饶,请求仁慈的主人宽恕它,但对于疼痛的恐惧也不足以让它去做一件被它视为儿戏的事情。它并不圆滑,也不会勉强自己。每当我向它提出关于手杖的问题,它甚至不会犹豫到底跳还是不跳——答案似乎早已确定,就是一顿殴打。在它看来,主人是在要求它做无法理解的事情,这是一个破坏感情、借机惩罚它的借口而已。小山非常坚持自己的原则,看上去近似顽固。原则往往会被挑战,但小山会用生命来抵制这种儿戏,它不愿意为了纯粹炫技而被迫做任何事。

  多么奇特的灵魂!我们那么亲近,却又如此陌生,在某些点上还有着原则性的分歧。对于小山和它的同类来说,人类的言语无法胜过它们自己的逻辑。举个例子来说,两只狗相遇时通过嗅觉相认,变得友好或是剑拔弩张，这个过程非常烦琐，令我们这些旁观者都感到神经紧张。狗与狗之间在相遇、相识和彼此了解的过程中究竟发生了什么呢？我在带着小山散步的时候就多次碰到这样的场面，或者这样说更准确——它们迫使我成为惴惴不安的见证人。每当遭遇这样的场面，小山就变得与平时的举止大不一样，让我觉得有点捉摸不透；而且我也很难怀着同理心去探究这种举止背后的感情、天性、规律以及它们的习俗。两只陌生的狗在旷野相遇，听起来就有些尴尬和紧张，但细瞧那过程又充满魔力。没有人限制它们亲近，在它们的身体里，各种器官似乎正飞快地运转，只是我找不到合适的词语为之命名。每次看到它们不能礼貌地擦肩而过，那简直是一种难堪。

我刚才没说到这种情况：一方被关在庄园或农舍的篱笆后面，双方并没有照面。但它们也无须真正看到彼此，因为从很远的地方它们就能互相觉察到对方的存在。小山突然跑过来，好像寻求保护一样跑到我身边，发出一声无助的哀鸣。它并不需要说明发生了什么，我也可以听出它内心的痛苦与窘困。同时，那只被关着的狗也开始挑衅般地狂吠，似乎在表达守家护院的决心和向主人报告的警惕性。谁知道这声音突然就转为与小山相似的哀嚎，它急切的、像是哭一般的叫声给我一种诉苦的感觉，不知是在嫉妒小山的自由还是在诉说自己的困苦。我们渐渐走近那个地方，越来越近，陌生的狗一直在篱笆后面等着我们。它站在那里不停地跳脚咒骂，埋怨自己的软弱无力，不能跳出来与小山决一死战，于是只能面露凶相，在篱笆边撒野。也不知道它是演戏还是真的，看起来好像只要能抓住小山，它肯定会把来者撕成碎片。小山这家伙也真是的，本来可以老实地待在我身边，根本不理睬对方就能走过去,却还是凑到了篱笆跟前。它听从了内在的规则,哪怕触犯了我的禁令。那种规则早就深深地在它心里扎了根,牢不可破。它走过去,先是带着谦卑和平静的表情,微微敬了个礼。它明白,外来者的客气会使得对方放松过分紧张的警惕心,转而赢得暂时的和解。对方在另一边也这样做了,尽管还是忍不住轻声咒骂。然后两只狗开始沿着篱笆疯狂追逐起来,一只在这边,一只在那边,却又紧紧挨着。它们彼此没有通过叫声交流或约定,却在庄园尽头处同时转过身,又向着相反方向极速奔跑。等到了另一端,再次折返跑回来。可是突然,它们中间不知道发生了什么,就在篱笆的中间停了下来,仿佛脚下生了根,面对面地站着,鼻子透过篱笆的缝隙轻轻碰触。就这样站了很久之后,它们再次毫无预兆地并肩狂奔起来……这场没有任何结果的赛跑啊!到了最后,我的狗儿利用自己的自由，径自跑走了，这对于关在院子里的那只狗来说糟糕透顶。它实在无法忍受对方竟然连声招呼不打就这么大摇大摆地走了，简直就是天大的耻辱！它狂吠、咆哮，像是气疯了似的在庄园里回来贴着地飞奔，威胁着要越过篱笆咬死狂妄自大的小山，冲着它的背影发出最恶毒的诅咒。小山也为对方的激动而感到尴尬，露出了平时常见的窘迫表情。可它并没有回头再次迎战，而是不慌不忙地撒开步伐，一路小跑着离去。这时，早已被我们抛在身后的看家狗灭了嚣张之气，那刺耳的诅咒渐渐成了哀求，直至悄无声息。

如果一方被关着，情况大抵是这样的。可是如果双方在路上相遇，彼此都是自由之身，那才是最令人尴尬的情况，连想一想都让我觉得不舒服。那可以算是世界上最令狗主人不舒服、伤脑筋和没面子的事情，而且还有些危急。刚刚还在肆无忌惮四下撒欢的小山,这时却向我跑来,缩头缩脑地挤在我腿侧,散发着身体内部的臭气与哀嚎,说不出它到底想要表达什么样的感情。但我马上就看出来了,肯定是因为一只陌生的狗正在接近我们,我再次观察它,那犹犹豫豫、过分紧张的举止分明是已经觉察到了潜在的朋友或敌人。此刻,我内心的紧张并不亚于它们两个,冲突是我最不愿看到的。

"走远一点儿!"我对小山说,"干吗贴紧我的腿?走远一点,跟你的朋友自行解决去吧!"我试图用手杖将它赶走。真要是打成一团,不管我是不是无辜,我都难免会被咬上两口。如果它们就在我脚边撕咬起来,难保我不会受到骚扰。"走开!"我再次小声说。可是,小山居然不听我的话,可以看出它的心中有多么强烈的不安。它甚至还跑到旁边的一棵树那儿去撒了泡尿,而对面那只狗像是回应它一般,也找了棵树照搬这一套动作。现在,双方各往前走了十步左右,距离大大接近,空气仿佛凝固了。随后,那只来路不明的狗伏下身去,像一只山猫那样将头先前探出老远,又如同一只拦路虎,等着小山走过去,显然在等待恰当的时机扑上来。可是,小山不希望这一切如对方所愿,它有些迟疑地走向对方。这时如果我甩了它,从另一条路离开,我想它也不会改变心意,而是会径直奔向对方,独自面对所有的困难。出于我说的那种奇特的天性，它面对这种令它尴尬和难受的相遇，是不会逃避或躲开的。它像是着了魔，同对方站在了一起，以一种互相不信任、彼此都觉得有些尴尬的状态，紧紧地联系在一起。现在，我们之间有两步的距离。

　　这时，另一只狗不再像山猫那样伏地，而是若无其事地站起身来，像小山一样站着。它俩就这样不好意思，甚至有些可怜地站着，没有一方想要回避。它们仿佛产生了一种共同的负罪感，分别转过头去，有点悲伤地垂下眼睛看着地面；然后，又紧张兮兮地凑到了一起，郑重其事却令人感觉有些抑郁地彼此嗅着，头尾相接，希望从对方的生殖气味中找到什么秘密。突然，两只狗挑战般地对峙起来。我压低声音呼唤小山，警告它不要打架。此时空气中火药味十足，大战一触即发，不知怎么回事，甚至不知道到底为了些什么，双方一下子就滚成一团，疯狂地撕咬、狂吠，从喉咙里发出猛兽般的喉音。我伸出手杖企图干预，为了不使任何一方发生不幸，又不得不试图抓住小山脖颈上的项圈或是皮毛，把它从鏖战中揪出来。而对方却不依不饶地追咬，不肯罢休。这使得我很久都不敢再带它出去散步，生怕此类事情再次发生。但也有另一种情况——在经过充分的身心动员，做足准备，出门之后却没有任何事情发生，整个就是空忙一场。无论如何，此刻，哪怕没有紧咬住彼此，它俩也很难转身离开那里，因为有一根内在的纽带将它们紧紧联系在一起。此时，小山与对手已经不再对峙，而是站成一条直线，分别把头扭向一边，谁也不想看谁，不过却忍不住趁对方没注意时向后瞟一眼。也就是说，它们从扭打中摆脱出来，却又有一根坚韧又可怜的隐形纽带牵着脖子，谁也不知道是否可以松开。双方其实都想离开，仅是出于心里对荣誉和面子的考虑,或是对对方反击的顾虑而不愿松开。直到最后,这纽带才被扯断,魔力消失了。小山如释重负地跳到一边,看它那轻松的神情,就好像得到了重生。

我讲了这么多是为了说明,即使是一个平时如此亲近的朋友,也会有这些令我感到陌生和奇特的举动,而这种感觉同样令人害怕和生疑。我摇着头在一旁观看,听任小山与它同类之间发生种种不愉快。但大多数时间,我还是十分了解它的内心活动的,甚至饶有兴致地从它的表情变化和动作举止来揣测它每时每刻的想法。举个常见的例子,如果某一次的散步不合它的意,时间太短或是身体根本没活动开,它会打出特有的大哈欠来明确表明自己不满意。如果我起床太晚,在饭前只有一刻钟的时间带它出去走走,之后又急急忙忙地返回家中,那么它会故意在我身边打哈欠,那是一种放肆、失礼、毫无遮掩、大刺刺的信号，伴随着一种从喉咙里发出的尖细声音以及一脸无聊的表情，似乎在说："我的主人可真好啊！昨天半夜我还在车站等他，今天他就一屁股坐在玻璃门后不出来了。我苦等了一天，无聊死了，他就带我走那么一小会儿，连个猎物都没见到。嘿，这个主人可真够意思！真是一个不懂礼貌、寒酸可怜的主人啊！"

总之，它通过打哈欠这种方式，通俗又简单地表达了自己的意见，丝毫不会引起误解。我明白它有道理，面对它时也感到了愧疚，每逢这种情况便伸出手来，拍拍它的肩膀或脑袋以示安慰。可是，它对此并不领情，摇着头谢绝我的爱抚，甚至再打一个哈欠，显得更不客气。尽管它与珀西有很多不同，但动物的本性却是一致的。它们害怕挨打所带来的疼痛，喜欢得到人类温柔的抚摸。小山就特别喜欢我的手指在它的下颌和喉咙附近搔痒，并且还能滑稽地通过头部活动,引带我的手指找到准确的部位。可是现在,它却对这种温柔丝毫不感兴趣。除了赌气之外,它对于运动时的爱抚也没什么反应,可能因为运动使它备感阳刚,直到我坐下来、它也平静下来之后,情况才有所改变。它打心眼里喜欢这种亲切友好的举动,而且以自己笨拙的殷勤作为回报。

如果我坐在花园墙边的椅子上或直接背靠一棵大树、坐在户外的草地上思考或阅读时,我很乐意不时中断一下思绪,跟小山说些什么,玩玩游戏。但我又能对它说些什么呢?大多是念叨念叨它的名字——小山。与这个词有关的音节都会令它兴奋起来,毕竟这是它的名字,激励和鼓舞着它的自我意识。我变换着重音,让它逐渐陶醉在对自己名字的呼唤中,陶醉在主人对它的认同中。然后,它开始原地打转,胸腔里的憋闷使得它仰天大叫。这时,我们放松地开着玩笑。我轻拍它的湿鼻子，它佯装咬着我的手，这使得我俩都乐了起来。是的，小山也笑了，这算得上是世间最动人的景象。它的脸上露出了人类欢笑的神情，却又抹不去忧郁和笨拙的痕迹，笑容转瞬即逝，接着又换上通常的惊恐和谨小慎微的神态。要是我再逗它几次，这样的表情就一次次来回变换。这情形令我感动。

就此打住吧，我不能继续就细节纠缠下去。这篇短小的描绘已经打破了我原先对于文章篇幅的构思。现在我必须果断地让我们的主人公小山登场，而最能展现它的本能和才能的莫过于捕猎。但首先我要介绍一下猎区，那是这种荣誉和快乐的发生地，也就是河边那块风景宜人的平地。它跟小山有着那么深切的联系，所以对我来说，那也是个很亲切的地方，甚至就像小山对于我的意义，亲切而重要。所以我愿意把猎区作为下一节的恰当标题。

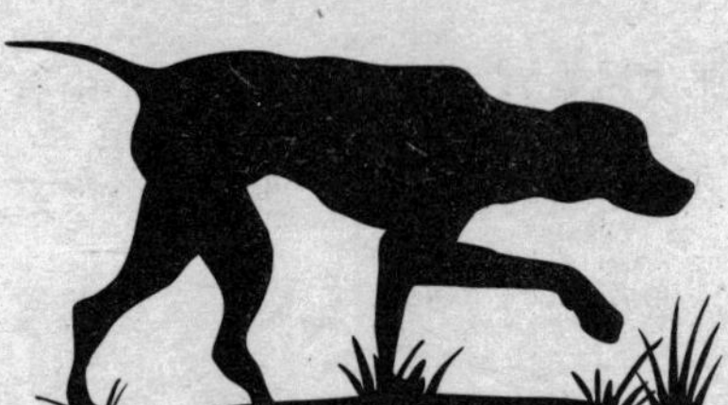

猎区

我们所在的这片居住地的花园通常小而宽敞,到处都有足够古老的、比房顶都高的大树和新种下的、娇嫩的小树苗。它们生长在同一个空间里,形成鲜明的对比。大树显然是这一带原本就有的、最古老的居民,小树则是这个年轻社区的骄傲和装饰。人们尽可能精心地爱护和照顾它们。在测量和规划新房产时,可能会发现与树木有冲突,比如一棵长满青苔的银色树干正好站在两家庭院的分界线上,这时人们会为了它将篱笆绕个小弯,把它纳入某一家的院子里,或是礼貌地在混凝土院墙上留一个缺口,让老树嵌在其中。它就被夹在那儿,高耸着向上伸展,光秃的枝丫上覆盖着白雪或装饰着新长出来的几片绿叶。

它们都属于白蜡树,这是一种喜欢阳光、不喜潮湿的树种。它们也能表明这一带的气候特征,聪明的人类从这一点判断出这里适合居住。该地先前只是一片荒芜的沼泽,也就是大约十五年前,不会更久。过去这里是蚊子和水生生物的王国,柳树、杨树和类似的植物生长在水边,枝条倒映在早已成为一潭死水的池塘里。这一带是冲积区,地下几米深就是一个不渗水的地层,因而地面显得非常泥泞,坑坑洼洼到处都是积水。人们为了改造这一带,改变了河面的高度,使得这一片的积水都流向河流。我对创新的技术一般不太熟悉,但要使地面的水流干基本就用这个窍门。地面上的小水洼消失了,土地逐渐变得更坚实。如果你像我跟小山这样熟悉这片土地,你就会知道在河流的下游有一片长满芦苇的洼地。过去我的房子周围就跟那里一样,在僻静的角落里常常见不到阳光。即使最酷热的夏日也不会影响其中的湿润清凉，那里也就成为人们最轻松的避暑之地。

不过，与河岸地带相比，这里还是有些古怪。岸边多是针叶林和泥泞的草地，与这里的差别几乎一眼便知。这里始终保持着原来的特别，即使地产交易兴起之后也能看出来。比如，从花园内外的植物上便可以看出端倪，原生树种与后来引进种植的植物相比有着太明显的优势了。常见植物包括在林荫道旁和公共绿地上的七叶树、生长迅速的槭树以及各种各样的观赏花木。它们都不是本地土生土长的，而是从外面移植过来的，就像德国的白杨多是从外国引进的一样，但这并不妨碍它们挺拔地向上生长。白蜡树是本地树种，不仅分布广，而且可以找到不同树龄的，既有上百年的老树，也有细弱的小树苗从杂石间破土而出。它们与银叶杨、山杨树、桦树、柳树等一起,构成了这里特有的风景,也是这里本来就应该具备的植物种类。它们共同的特点就是树冠很大,而叶子很小巧,这使得这一带很容易被人辨认出来。唯一的例外是榆树,它的树叶宽大,椭圆形的叶片在阳光下闪亮,边缘有着锯齿,所有的树叶都努力向着太阳伸展。这里还有大量的攀缘植物,在树林里四处缠住树干,它们的藤蔓和叶片似乎长进了树干里,看到的人除了眼花缭乱,很难有其他感受。树木的幼苗已经在低洼处形成了一片小树林。可是这里很难见到椴树,橡树基本没有,更别提杉树了。不过,再往东走一段,山坡上好些地方都生长着高大的杉树,那里可以看作两个地区之间的天然边界。虽然两处连成一片,但土壤性质却不相同,因而植被也有区别。隔壁地区的杉树高耸入天,像是骄傲的哨兵一般俯视着我们这片水洼。

我曾经步测过,从山坡到河边不会超过五百米。从河岸伸展到上游的地带像是一把展开的扇子,偏差并不大。但令人感到惊奇的是,这块狭长的地带有着极为丰富的景色,沿着河道的方向纵向展开:它分成三个彼此各不相同的地带,一边是河流和河岸,一边是山坡,而中间则是林区。人们可以分别观赏,或是贪心地沿着斜坡上的横向小路将它们逐一串起来。生活在附近的人们总是很有节制地利用这块宁静的宝地,就像我跟小山一样。我们的一趟来回很少超过两个小时,但因为风景多种多样,每次散步总能找到一些新花样和新线路来。因此,即使早就对这一带非常熟悉,我们却从不会感到厌烦,也不会觉得这仅仅是河边很狭窄的一个带状区域。

虽然说是林区,但人类经常活动的公园、猎场和岸边的小丛林已经占据了很大一部分。我想为这片奇特的地带找一个比"林区"更恰当的词语，却发现找不到合适的。因为面积的局限，它算不上是森林，却又比单一树种的小树林更丰富。它的地表遍布着苔藓和杂草，树木在树龄和树干粗细上差别很大，其中有粗壮古老的杨柳，不过大多分布在河岸边上。靠里面的树丛里多是树龄在十年到十五年之间的成年树木。然后是大量的小树苗，都是靠天然播种的野生苗木，如白蜡树、桦树等，但它们看起来并非弱不禁风。正如我刚才所说的，树干表面被密密麻麻的攀缘植物覆盖，整体上呈现一种热带丛林的繁茂和神秘。然而，粗粗细细的藤蔓无疑会影响宿主自身的生长。自从我来到这里之后，这些小树始终保持差不多的粗细，丝毫没有变粗的迹象。

说到底，这些树木只是几种亲缘相近的树种。白蜡树也属于桦树科，杨树跟柳树的区别也不大。

可以断言，它们全都接近柳树的基本特征。虽然我并非林业人员，但我也知道，树木的分布与周围地形有很大关系，甚至是出于对线条和形状的模仿。这一带占主导地位的是柳树的婀娜，这是因为河水流动所带来的灵感。柳树是水洼和河流最忠实的伙伴和邻居，它的枝条像张开的手指一般柔柔晃动，又像散开的扫帚头轻轻拂过，其他树木显然试图模仿柳树的姿态。银白杨喜好弯腰，所以很难跟桦树区分开，本地奇特的气场使得桦树也弯成稀奇古怪的造型。茂盛的树冠上挂满有着银色叶柄的单片小叶，配上秀丽的银白色树干，简直就是纯洁妩媚的少女，树叶低垂，就像少女多情而秀丽地低头。当然，也有粗壮如大象的老树，树干粗到一个人的双臂无法搂过来，新鲜光滑的树皮仿佛刚从乌黑龟裂的树桩里拔出来。在阳光折射出七彩色谱的午后，林区里的每棵树都以个体的姿态出现在人们眼前，

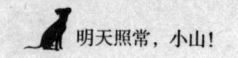

每棵树都有令人喜爱的地方,当它们集合在一起时,更令人心驰神往。

说到土壤,这里的土地算不上肥沃,跟森林里的土壤更没法相比,主要由砾石、黏土和河沙混合而成。尽管如此,这里的树木还是非常茂密,只有从地面钻出的一种野草使它看起来更像是沙滩。我说不出它的名字,它的特点是丛生、干枯,在冬天看起来好像被人踩过,夏天时则像芦苇一样柔软饱满。细心的人常常能在草丛里发现荨麻、款冬以及各种各样的匍匐植物,另外还有细长的飞廉和幼嫩的树枝,还有大树暴露在地表的盘根错节。对于野禽来说,这里无疑是有利的栖息之地。稍微抬高视线便会发现,这里到处遍布着攀缘植物,如铁线莲和螺旋生长的野生啤酒花,就像是带着绿色装饰的链条一般缠绕在树干上,即使在冬天也不松开,扯也扯不断。

这不是树林，也不是公园，而是一个魔法花园，或多或少有些仙气。我选用这样的词语表达我强烈的情绪，尽管它指向的其实是一个贫乏、甚至有些畸形的自然环境，但只需罗列一些简单的树木的名称便能让人充满美妙的幻想。波浪形起伏的地面向城市伸展开去，使得景观成为完美的整体，站在某一点向四面八方看去都不会觉得雷同。早已说过，这一带的风景形成三个层次。如果你在横向上保持同一个位置，向前或向后移动若干里地，你都不会感觉自己走得很深或很偏远了，距离大路和河边还是一样远近，风景也不会有太大的差异。但如果左右走上一百多步，你可能就会来到河边，耳边被一侧的潺潺水声提醒着，能听到却还看不到水流。河谷附近的灌木丛里长满了各种花木，接骨木、女贞、茉莉和欧鼠李一丛丛簇拥在一起。在温暖潮湿、雾气氤氲的六月，这里总是弥漫着挥之不

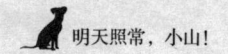

去的芬芳。同时，这里也有沼泽和洼地，斜坡和坑底上同样有着杨柳和已经干枯的鼠尾草。

这一切都给我留下奇特的印象，尽管这几年我几乎天天都去那儿。它引发我无穷的想象——比如白蜡树闪亮的树叶组成巨大的树冠，让我联想起硕大的公牛，而茂盛的攀缘植物与芦苇丛所形成的对比、洼地的潮湿与河岸的干渴、稀疏的灌木丛与挤成一团的花朵，这些元素都使我感觉好极了。从整体印象上说，这里就像是另一个地质时期的风景，或是整体位于水下，而我正在水底散步，分不清眼前的风景与想象的界限。这或许是因为这一片在开发之前曾经被浸泡在水下，包括我家的房子所在的地方也是水塘。虽然现在水已经被排干，洼地变成了草坪，但还带有水底的痕迹。可是，现实又叠加在想象之上，我眼前看到的是野生的白蜡树树苗和低头吃草的羊群。

猎区

人们在这片荒野上踩出了许多条道路，有些常走的小路上铺了一层碎石子，有些只是走过一两次，渐渐又被野草遮盖住了。它们显然是人们天然地走出来的，当然没法追溯是谁先走的。我和小山几乎从没有在那里遇到过其他人，而其他人遇到我们在散步也会感到非常惊诧。这也相当准确地表达出我遇到别人时的感受，即使在盛夏周末的午后。这时大批城里人喜欢到河边林区里来消暑，这里总比城市凉爽几摄氏度。但他们不会来到我和小山散步的地区，因为不熟悉这附近的小路，我们相对还是不受干扰的。不过，他们无须寻找就能奔向那条河，流动的水强烈地吸引着他们。人们蜂拥而至，争先恐后地挤到最靠近水边的码头上，真担心那木头码头会被他们踩进水里。只要它没有沉到水里，人们就会源源不断地拥上去，直到太阳下山才回去。我们顶多在灌木丛里遇到一对席地而卧的

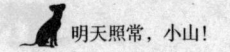

野鸳鸯,看到那有些羞怯的眼神很快变得满不在乎,好像准备询问我们是否反对它们将安乐窝安在此处,是否觉得它们的行为不太恰当。我们当然不发一言,径自离开。小山对此持无所谓的态度,它对猎物之外的一切东西都不关心。我则一脸木讷和沉默,顺其自然,不露声色,对一切既不赞同也不反对。

但现在一切都不同了,错综复杂的小径不再是通往公园的唯一路径。那里已经有了"街道",更准确地说,具备了成为道路的硬件设施,但愿它们将来真的能成为街道。事情是这样的,一群高瞻远瞩、野心勃勃的开发商和企业主已经不满足于我家附近的旧洼地,希望对那片小别墅区之外的区域进行再度规划。谁让这片荒地的利用价值那么大呢?沿着河流往下游走一公里的范围,都可以划归为建筑用地。他们筹划兴建能够容纳更多市民的社区,准备好贩卖给郊游爱好者们一种定居河谷的生活方式。在与我们这些"原住民"的磋商会上，商人们描绘了一幅气派的景象：他们计划建起保障安全的河堤、一条能让马车通行的临江大道，以及河边的观赏花木园区。此外，他们还把开拓之手伸向了林区，规划了几条铺上石子的正规道路，纵横交错的道路将荒野整个分割成块。无疑，这些"街道"设计得非常漂亮，仅从设计图上看就堪称壮观。整个路面由砾石铺就，有着分离的车行道和宽敞的人行道。但现在，除了小山和我，几乎没有人会到这里来。由于石子硌脚，我特意用柔软耐磨的皮子包起小山的四只爪子，而我也穿上了带钉的皮靴。为什么这里只有我们呢？因为按社区规划早应该建起来的别墅还没有踪影。尽管我们这批老住户的房子在十多年前就已经建好了，但下一批邻舍迟迟没有破土动工。对此，这一带的住户普遍产生了一种不明天照常,小山!

满情绪，不愿往已经大规模开始的工程中继续投入了。

于是事情发展成了这样：没有一个住户的街道却已经有了名字，就像市区内的正规道路的名称一样美好。这里有一条盖勒特街、一条奥皮茨街、一条弗勒明街、一条比尔格街，甚至还有一条阿达尔贝特·施蒂弗特街。我很想知道是何方梦想家和投机商旗下的"御用文人"把这些名称授予了它们。我偏偏喜欢怀着一种虔诚的心情，穿着钉子鞋在这些路之间走来走去。就像在没完全建成的郊区街道上常见的那样，钉着路牌的柱子早已竖起，蓝色瓷釉质地的路牌上印着白色的街名，可是却没有人肯叫出声来。因为它们仅仅存在于市政规划图上，却没有人愿意真正住在这里。这孤零零的路牌清楚地标识出了人们的不满、失望和本地区的发展停滞。它们备受冷落地耸立在街道旁，没有人关心它们的保养和更新。天气变化和阳光直射使得它们很快就破旧不堪——蓝底已经多处剥落，白字锈迹斑斑，以至于一个个字母都不再完整，而且到处都有红褐色的污迹和缺失，连同难看极了的锯齿状边缘，整个路牌看起来已经与废品无异，甚至难以拼读出到底是什么名字。最初我还会饶有兴趣地走街串巷，研究这个地区潜在的故事和发展可能。有一块路牌使我尤其费尽脑筋。这个长方形的路牌格外长，只有德文的"街"这个词是完整的。但道路名称的大多数字母都已经认不清是什么了，打头的字母"S"只剩下一半，中间和结尾各有一个"E"，除此之外全部被腐蚀光了，只留下字母的空位。就凭这三个字母要猜出整个名称，这实在太考验我的洞察力和想象力。对于我来说，这是一道有着太多未知数的数学题。我久久地站在路牌下面，背着手就那样站着，仰着头研究路牌上到底是什么名字。小山在一旁催促我继续前进,我只好牵起它往前走,心里却一直没停地琢磨这个路牌的谜底。突然,我一下子想到了答案,可以说它自己蹦到我的脑子里,甚至吓了我一大跳。我拉住小山,匆忙折返回去,再一次站在路牌底下,仰着头,一个字母一个字母地念出自己的猜想,果然能对上——我正在散步的这条街道居然是莎士比亚街(Shakespeare-Straße)。

恰当的路牌配上这些街道,而街道也正好符合路牌和名字,这样的想法显得有些空泛和怪异。街道闯入小树林,而丛林也不让它们得意,树林发挥威力使得这些道路长达十年都被掩没在荒草里。能在这里生长的植物都不畏惧砾石,才不管周围是不是规划好的阳关大道。只见紫色的飞廉、蓝色的鼠尾草、银色的柳树和嫩绿的白蜡树都从道路各处钻出来,在车行道和人行道上茁壮伸展。富有诗意的名字正被植物们吞噬,而不管路牌是否大声抱怨,奥皮茨街和弗勒明街恐怕在未来的十年里也不会有人通行，直至它们完全消失。不过，也没有人会对此抱怨，因为从保护此处的自然原貌和浪漫风景的角度来看，世界上不会再有哪条街道比它们更美。只要你穿着厚底的鞋子，不去担心粗糙的砾石，也有时间和兴致完成在荒芜中的闲逛，你便会发现这里的景色无与伦比——如果说只有坚强的树苗才能钻透道路，那么路基两侧的野生植物种类就更加多姿多彩了，那些碎叶的、喜湿的树构成了高矮参差的背景，看上去就像是三百年前那位出身法国洛林地区的画家笔下的风景画一样，美不胜收……不过，我很好奇他的观察和技法，他怎么就能画出这样的树和风景！他肯定到过这里，熟悉这一片，甚至仔细研究过每一棵树。可惜那些热衷于给街道起名字的人们只熟悉文学家，要不然那些生锈的路牌里肯定就会有克洛德·洛林这个伟大的名字。

好吧，我已经详细描述过位于中间的林区，接下来就是对我和小山都极具吸引力的东边山坡了，下面就列出原因。我们可以称它为溪流区，因为一条小溪和山坡上的勿忘我给这里带来了宁静悠闲的田园风光。它与河流区相呼应，那边潺潺的水声会被风儿刮到这边，隐隐约约能够想象出河水的欢快。有一条横向的人工道路像是水坝一样，从林荫道岔出来，穿过草地和小树林，爬上坡地，一直蜿蜒到这里。顺着路向左走，冬天这里是年轻人的滑雪通道，沿着它滑下去就是地势较低的洼地。小溪便从高到低随意地流去。主人与狗很喜欢在这一带散步，沿着各有特色的山坡走去，左手边的草地上开着一家农家饭店，背对着我们。饭店饲养的羊群正在草地上吃草，它们啃食着多汁的青草，撕咬着苜蓿叶子。一个穿着红裙子的女孩正对它们拼命喊叫，她看上去非常生气，双手撑在膝盖上，因为声音太大而显得非常刺耳。不过，她又很害怕领头的公羊。只要那毛绒蓬松、威严硕大的家伙停下咀嚼，抬头看她一眼，小姑娘便不敢再嚷嚷了。没消停片刻，小女孩再次因为小山的出现而尖叫起来，不光是她，羊群中也出现了一阵骚乱。这反倒违背了小山的本意，它丝毫不想来捣乱，因为它从内心深处看不起这群只懂得吃草的羊，也根本不想理睬其中任何一只。小山故意强调自己视若无睹的态度，来表达自己是何等厌烦愚蠢的羊儿们。虽然它们散发的强烈羊膻味对于我这样的鼻子来说都很明显了，却因为不是猎物的气味而被小山刻意忽略。它丝毫没有兴趣追着羊群跑，可是它每一个突然的动作都会引得刚才四散吃草的羊儿紧缩成一团，转过身集体向着另一个方向跑去。那个脑袋有些不灵光的女孩追在后面大喊大叫，直到她累得弯下腰去，气喘吁吁。然后她转过身来，气呼呼地瞪着我们。这时无辜的小山仰头看了看我，似乎在询问："这到底怎么回事？是我造成的吗？"

这时候，却发生了一件有些令人尴尬的倒霉事。有一只中等身材、看起来再普通不过的绵羊反方向朝着我们跑来。它长了一张非常奇特的长脸，嘴部微微上翘，好像随时保持微笑，但又给人一种阴险又愚蠢的印象。它对小山表现出非同一般的喜爱甚至是迷恋，不仅脱离了羊群，还一直跟在小山身后，亦步亦趋。不管小山走到哪里，它都紧紧咬住不放，脸上还带着平静而夸张的傻笑。小山跑，它就跑；小山停住，它也紧站在身后；小山离开道路想甩掉它，羊儿丝毫不气馁。小山的脸上流露出了气恼和尴尬，它有些不知所措却又愚蠢地生这只羊的气，这种情况我以前从没有看到过。那只羊始终跟着我们，离它的伙伴们越来越远，但它似乎对此并不在意，而是下定决心不再与小山分开。这情形让小山感觉羞愧，最后它实在无法忍受，停下来转过头去恐吓对方，喉咙里发出愤怒的咕噜声。谁知那只羊却咩咩地叫了起来，听起来好像在嘲笑小山。这招儿很管用，羊把狗给吓到了。小山只好夹紧尾巴跑掉了，那只羊仍蹦蹦跳跳地跟在它身后。

这时我们已经离开乡村饭店很远，那个小姑娘却不放过我们，拼命叫喊着，弯腰跪倒在地，看上去气急败坏，就要发疯崩溃了。这时候一个系着围裙的厨娘赶了出来，估计是被她的叫喊引出来的。她一手拿着粪叉，另一只手捂住因为跑动而荡漾不已的胸脯，上气不接下气地追着我们而来。她看到她的羊自顾自地跟着一只猎犬走了，别提多生气，想要用粪叉扑过去制服它。但那只羊毫不畏惧，它非常老练地躲开了，接着又换了一个方向，继续跟在小山的屁股后面，似乎什么都别想改变它的心意。这时候我想出了一个办法，于是招呼着小山往回走。我旁边是它,它身边是那只羊,羊的后面跟着拿着粪叉的厨娘,我们一同向着穿红裙子的小姑娘走去,这幅画面简直可笑极了。那个女孩还在原地边跺脚边嚷嚷,我们回到她那儿还不够,必须把整件好事都做完。我建议跟她们回到农家院里,再走到羊圈前面。厨娘领会我的意图,迅速地打开栏门,我们所有人走进去之后,又机敏地抽身离开。小山可以从栏杆上跨越出来,只有那只受骗的羊羔被关在里面,这样才解决了难题。厨娘连连向小山和我道歉并道谢,我们得以继续刚才被打断的散步。可是小山却因为这件事一直闷闷不乐,一直到最后都觉得很扫兴。

关于羊群的事儿就先说到这里吧。在那栋建筑物左侧有一个开阔的园子,里面有一座亭子,还有看上去很像乡村教堂的消夏小屋,但它给我的整体感觉就像是私家墓地。园子被一道篱笆完全包围起来，只有园丁可以打开一道栅栏门进去，这便是它的入口。有时候，我们会遇到一个光着上身的男人翻掘小屋旁边的一块巴掌大的菜地，看上去好像是在给自己掘坟。接下来又到了一片开阔的草地，一直延伸到林区的边缘，可惜这一片平整的草地被鼹鼠和它的同族们破坏了。鼹鼠善于钻出许多小土堆，而田鼠往地下深处打洞。这一点倒是很符合小山的捕猎兴趣。

小溪和山坡在我们的右侧延伸，就像是我说过的，这里的景色丰富而又多变。阳光照不到的阴暗地带生长着针叶树木；后面便是一块采沙场，满地的沙子反射着太阳，闪烁光芒；再往后便是采石场、卸砖厂，看这架势人们刚拆除了一所房子，把没用的砖瓦都运到了河里。那一堆废料似乎造成了暂时的困难，挡住了小溪的去路。不过，溪水有它的办法，从砖瓦上面漫了过去。红色的砖末儿染红了溪水，岸边的水草也变成了红色。经过水草的过滤，溪水更加清澈。它欢快地向前流去，阳光在水面上不时闪出一道道银色的光芒。

我喜欢水，从浩瀚的海洋到静止的芦苇塘，自然也包括眼前的这条小溪。比如在夏天的深山里，如果附近有一条小溪，发出水花飞溅、潺潺不绝的流水声的话，我一定会追溯声音找到它，亲眼见到这位隐居在深山里却又非常健谈的"大山的儿子"，与它结识。那些湍急的山溪往往分外美丽，它们穿过高耸的冷杉，越过陡峭的岩石，发出轻快响亮的流水声。如果遇到一道山崖，溪水便化身为瀑布，扯起一道白色的水帘，之后汇聚成一潭碧绿、沁凉的湖水。不过，我也很欣赏平地上浅浅的小溪，虽然浅到无法覆盖河床上的鹅卵石，我同样喜欢那些光溜溜的、闪着银光的椭圆形卵石。或是再深一点的，比如一条小河，在两岸的柳树的护卫下向前奔去。河流的规律往往是中间的流速比两旁的更快，看起来就像是飘垂下来的丝巾。如果人们可以自由选择，又有谁不想在郊游中追逐着流水的方向前进呢？水对人来说有一种自然而然的吸引力，人与水之间有着一种天然的感应能力。人源自于水，我们身体中的绝大部分由水组成；在出生之前的某个特定的发育阶段，人类还拥有类似鳃的器官。我乐于承认，水的各种表达形态对我来说都是接触大自然最直接和恳切的享受。只有在水边才能真正沉思和忘我，将自己有限的存在融入大自然的无限之中。我在直观地观赏风景的同时，也得到了精神上的满足。大海的风平浪静或波涛汹涌能让我进入一种深沉的梦幻状态，心不在焉地忘记时间和空间，对外界的一切毫无概念。我觉得，在水边沉思的一个小时就像是平时生活中的一分钟那样短暂，不易觉察。我俯身在小溪的木板栅栏上，茫然地望着桥下的流水，愿意站多久就可以站多久。溪水不停歇地奔涌向前，而我的心中有着另一种流动，那是时间的匆匆流逝，它不会在人们的恐惧或焦急挽留下改变自己的方向。对于水的好感使我很乐于生活在这附近，这里又有河流又有小溪。

总之，这里的小溪分外朴实和真诚。它没有什么特别之处，但吸引我的正是这份亲切、普通、如同玻璃般的透明。它也无意借用浑浊来假充深沉，没有丝毫的虚伪和矫饰。它清浅、明澈，对溪底淤泥里横陈的白铁皮罐子或破胶鞋都不加掩饰。但它的深度又恰好适合许多小鱼聚集在此。那是些银灰色的漂亮小鱼，它们看到人类的面孔倒映在水面上所投下阴影，便机警地钻进沙子里去。小溪流经几处池塘，岸边野生着几株婆娑的柳树。我特别喜欢其中的一株，每次经过时都忍不住细细打量。它长在岸边的斜坡上，离水面还有一定距离。可是它却非常热情地把一根枝丫向着小溪伸过去，居然真的够到了水面。流水也不辜负它的情谊，轻轻地滋润着它那银色的碎叶。整棵树就为了这一枝的愉悦而保持僵立，看得出它正在享受这爱抚。

夏季时我们总来这里散步，我愿意被温热的夏风吹拂着。而小山为了解暑会跳进溪水里，让肚子和四肢都降降温。但它很明显不愿意头部浸水，经常在水里保持不动，带着一脸虔诚的表情，让水流冲刷自己的身体。它跳上岸边，抖动全身将水甩干，这也是狗类不会改变的习惯。它抖落的溪水和泥点都冲我袭来，我怒斥着用手杖驱赶它，可是丝毫也没有作用。这是它的天性，在这方面主人也别想妨碍它。

在沉沉暮色中，小溪继续流着，前方是一个小村落。在溪水和树林的呼应之下，村子显得非常秀丽，刚才说过的乡村饭店就在村子的入口。小溪在

猎区

那里形成了一个池塘,村里的女人们跪在水边漂洗衣裳。一座小桥跨过了溪水,桥的另一侧是连接城市与村庄的道路,它沿着林区和草地的边缘延伸。离开它后,顺着一条坑洼不平的小径走,没几分钟就到了河边。

终于,前面已经描述很久的那条河流来到我们眼前,碧绿的河水上泛着白色的泡沫。其实,它只是一条比刚才的小溪稍微大和深一点的山溪,奔涌不息的哗哗声响彻整个地区。在这里,声音从隐隐约约变为毫无遮拦,水花拍打岸边的声音听起来就像是海边浪花击打岩石,虽然我们这儿离大海还很远。无数水禽的叫声也响彻天空。无论是秋冬还是春季,它们总是发出饥饿的鸣叫声,围着生活区排污管通向河流的出口,试图在那里找到果腹的残羹,一直等到天气转暖,再飞去湖泊区栖息。就像是长期生活在那里的野鸭等水禽一样,它们同样需

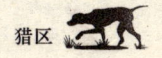

要在城市附近度过秋冬最寒冷的几个月。只见它们随着波浪起伏而左右摇摆,借助水波的晃动渐渐漂走,但在最后一刹那却又觉得自己不应该随波逐流,于是又从已经漂远的地方飞起来,再次飞回一开始待着的地方,落在水面上……

河岸区因各部分的功能不同而被划分为好几块。紧靠小树丛旁边伸展开一块宽敞的砾石滩,作为我们出门便拐上去的那条林荫道的延续,往河的下游方向足足延伸了一公里远,直到摆渡用的小房子跟前(下面我还会单独介绍这间房子)。它后面的灌木丛离河床很近,这块空旷的砾石地跟这一地区最重要的交通要道有关。规划者们认为它非常必要,因为从城里来的马车可以理所应当地停在这里,这样骑着马的绅士们不必下马就可以来到崭新的马车门前,与斜倚在里面、面带微笑的女士们调情。在摆渡房的旁边竖着一块木牌,它已经很破旧，却仍能辨认出上面的文字。木牌上说明了这里是道路的终点，接下来的旅程必须靠步行完成；牌子上还用宽字母表明这块地待售。按照规划，这里应该成为河边的咖啡厅和冷饮屋，但至今还没有什么动静。支着遮阳篷、摆着木桌椅，客人畅饮慢酌、高谈阔论，侍者灵活穿梭其间的场面并没有出现，只有那块歪歪斜斜的木牌象征着开发商们令人气馁的建议。那条林荫道也并没有迎来很多乘马车而来的客人，差不多跟林区里的那几条街道一样，也长满了茂密的柳树和蓝色的鼠尾草。

　　河岸和空地之间有一道细长狭窄的堤坝，上面的杂草起到了护坡的作用，另外还有几根电线杆。我很喜欢来这里散步，首先是为了尝试一下不同的路线，其次是因为石头堆肯定比泥地干净多了。虽然走起来比较吃力，但黏土路一到下雨天便无法通行。而这里按照规划也应该是一条林荫道，但可以沿着河道绵延几个小时的路程却渐渐被荒草掩没，成为河水的缓冲带。靠着河流的一侧生长着高大的柳树、山杨树和银白杨。砾石堤坝又陡又深地向河床插下去，借助树木的根部和枝条以及坝底的混凝土来抵御山洪。每年春天冰雪融化或夏季暴雨连连时，河水会泛滥那么一两次。走几步还可以看到通往河床的台阶，一半是木梯，一半是石阶。河岸缓冲带大约有六米宽，在全年大部分时间都是干涸的。在枯水期，这条大山溪的举止有时小里小气，根据上游的水量，可能只是一条碧绿的细流，连河底的礁石都覆盖不了。水鸟立在礁石上，好像是长腿的鸥鹭站在水面上。但换作在丰水期，它们的这种行为就是找死了。河水迅速涨成激流，可怕的水流声填满宽阔的河床，还挟着上游冲下来的各种东西。背篓、浮木和小动物的尸体打着旋儿漂过，整条河流充满暴力气息。每到汛期，这片缓冲带也为防洪做出了贡献，人们用一排排柳条建成的防护栏加固它，中间还种上了沙丘植被。这一带茂盛的野生植物也蔓延到了此处，比如软塌塌的蓝色鼠尾草。河流冲刷带来许多细软的沙子，这就为散步提供了另一种可能性，而我也可以离水边更近一点了。这里的沙子更像是黏土或淤泥，并不像海边的沙滩那样干净。在浅滩上散步，看着河水流动不已却又非常平静，流水声和水鸟的叫声都成为消磨时间和忘却空间的单调消遣，令人有些麻木。不过，水声在摆渡房附近混入了瀑布的欢腾，那里有一条水渠汇入河流。两股水流交汇处隆起一道瀑布，在阳光下像玻璃一样闪亮，又像是鱼背上的鳞片，在激流中奋力游着。

晴天时这里更美。渡船上装饰着一面三角旗，大概是人们也为好天气或其他什么喜事而特意庆祝吧。河面上还停泊着其他船只，但渡船看上去更为复杂。它被系在一根钢丝绳上,这根钢丝绳又跟一根横跨河流的缆绳相连,上面挂着一个可以移动的滑轮。水流本身推动渡船前进,船上的工人掌舵,这就算完事了。船工和他的家人就住在摆渡房里。说是摆渡房,其实它可以算作一座独栋的小别墅了,虽然盖得很简单,但也有上下两层和一个大露台。住在这里不需要花一分钱,他们在房前屋后还开垦了大片菜地,养了许多鸡。我很喜欢坐在菜园子外面的长椅上,紧挨着上面的步行道,小山则蹲坐在我的脚面上。船工饲养的鸡围着我打转,每走一步都向前探一探头。公鸡大多飞到长椅的靠背上,绿色的尾羽垂在我身边,用一只红色的眼睛充满警惕、咄咄逼人地打量着我。我全神贯注地看着河面上发生的一切,说不上多么繁忙和热闹,因为两次摆渡之间是漫长的空闲。我很希望对岸或这边会出现几个要求渡河的人,比如穿着猎装的男人或挎着篮子的女人。过河这个行为还是充满诗意的,尽管渡船已经是新时代交通技术的象征了。两座木制栈桥从岸边的斜坡延伸到河边,人们可以通过它们直达甲板。两岸各有一个电铃按钮,有人要过河时,只要按下它就能通知船工。这时对岸出现了一个男人,他不像过去的人们那样大声喊着艄公,而是按下提示之后静静等待着。随后,船工的别墅里响起了刺耳的铃声。没过多久,船工便从小屋里出来,好像他一直就在门口等待,一心盼着铃声响起。那按钮似乎连到了他的脚底,就像是游乐园的靶场里有一间小屋,若打中了门就敞开,里面会有一个放羊女或戴着高帽子的锡兵弹出来。船工不慌不忙,双臂均匀地摆动,穿过自家的菜地和步行道,通过栈桥来到河边。他解开渡船开始掌舵,让滑轮顺着横跨河面的缆绳缓缓移动,渡船就这样过了河。等对岸的那个男人跳上船,他又重复这一套动作让船回到了这边。乘客上岸之后，递给他一枚硬币，然后高兴地跑上楼梯，向着他要去的方向走了。有时船工不在家或是生病了，他的妻子或是孩子就会替他出来工作，因为他们对这一系列操作也非常熟悉。其实我要是上去也能操作，这个工作并不难，不需要什么特殊的技能培训。可以说这份工作就是个美差，因为能住进那间别墅一般的摆渡房。任何一个人都可以替代船工，而他自己也清楚这一点，所以他态度非常谦和、充满感激。他在路上遇到我时总是礼貌地与我打招呼，而我就坐在他家门口，在一只狗和一群鸡的环绕之中。看得出，他不想为自己找麻烦。

　　河面上的风吹来了渡船散发出的焦油味，水花低沉地拍打着船舷的木板。我还想要什么？有时我会想起另一个地方——水比这里要深、要静——威尼斯。但很快，暴雨就将我带回了现实之中。我穿着橡胶雨衣,脸上都是雨水,顶着强劲的西风。大风将林荫道上的小树苗连根拔起,其余的树木也东倒西歪。小山没走几步就停下来甩水,可是转眼就又成了落汤鸡。河流不再是原来的样子,水位陡然上涨,碧绿的河水变成了深黄色的泥汤,露出不幸的神色。这是洪水的前兆,它踉跄着把整个备用河床纳入肮脏的洪流之中,一直冲到了防洪堤坝上,冲击着混凝土浇筑的坝底,冲过柳条编成的防护网,这时人们才会感谢自己防患于未然的先见之明。最令人害怕的是,河流几近无声而水位升高,表面上很平静,但下层却暗藏着无数的漩涡和湍流,波峰不像海浪般前涌,而是向后翻滚着。最后,水位高到了瀑布也噤声的地步。小山对于眼前的变化感到惊恐极了,它无法理解平时撒欢奔跑的平地为什么消失了,河流为什么看上去如此不一样。它逃离被愤怒的洪水不停攻击的河边,摇着尾巴无助地看着我,再看看水,那样子非常迷惑。小山咧着嘴,嘴有些歪,然后闭上嘴,又把舌头垂在嘴边。快速的表情变化看起来像人又像动物,这种表达方式未免有些粗俗,但又完全可以理解。一个憨厚卑微的人面对这样一种纷繁复杂的情形,还不一定会怎么样呢——说不定也会挠挠头,抓抓脖子。

现在我已经详细地介绍了河流区,这就算是将整个猎区介绍了一遍。我自认为已经尽可能细致生动地描绘了这里的一切,可以看得出我非常喜欢这里,特别是它的天然。但正是这一点是我用文字无法说尽的,就好像小山在现实中更加热情、活泼、讨人喜欢一样。我对这里的景色充满感激,所以才用这么大的篇幅来记录它。这里是我的公园,是我的僻静私密之处,我的理想和梦想都与它紧密相连,就好像攀缘植物的叶子与寄主的叶子那样难分彼此。在不同的季节，我几乎每一个白天都会来这里，注视着这里。秋天，空气里到处弥漫着枯草和腐叶的味道。大丛飞廉向外播撒出毛茸茸的软絮，然后凋谢。大山毛榉的巨大树冠下落满枯叶，就像是一张色彩斑斓的地毯。时间从金色的午后逐渐接近傍晚，天上的月牙朦朦胧胧，星光点点，乳白色的雾气在草地上飘过，紫红色的晚霞被树木的黑色剪影撕扯成不连续的一片。若是晚秋或冬天，景色显得更加柔和湿润，所有的砾石都被白雪覆盖，人可以穿着橡胶雨鞋走在上面。河岸的石头表面也冻出灰白色的冰层，流水的速度明显放缓。森林里的鸣虫不见踪影，鸟儿的叫声显得更加空旷，从早到晚能听到千百只各种各样的鸥鸟在不停地唱和。不过，我最爱的还是温暖和煦的日子。那感觉无拘无束，可以把自己托付给大自然，不需要做任何准备，就在两场急雨之间迅速出去走走，然后在路过一株湿漉漉的欧鼠李时,弯下腰去观察它身上的雨滴形成的波光。要是平时家里有客人来访,等到他们刚走,起居室的四壁仿佛还有他们的气息和话音,而自己因为应付说话也有些累时,我就从心底里想去那空无一人、街名被人遗忘的街道上走走,比如格勒特街。那感觉真是太棒了,松口气平静下来,仰望天空或注视着饱满柔软的绿叶,我的心绪慢慢平复,情绪再次回到一个人时的肃穆与宁静。

小山始终陪伴在我身边,它无法制止陌生人闯入家中,只能用愤怒又可怕的吼声抗议。可是这种对抗却无济于事,它只能走到一边。而此刻,它很兴奋我又带它来到猎区,双耳懒散地向后一贴,就在我前方的砾石道路上小跑起来。它按照狗类的习惯斜着身子奔跑,后腿并非正好对着前腿,而是在奔跑中渐渐偏离最初的方向。这么几步就使得它的身体与精神都振奋起来,就连短短的尾巴也开始剧

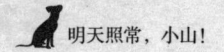

烈地摇摆。它头部前伸，身体绷紧，蹦来跳去，鼻子却始终没离开地面，一直在嗅着什么气味……转眼间，它便确定了猎物的种类和确切方位。我也看到了那个足迹，原来它着急去追逐一只野兔。

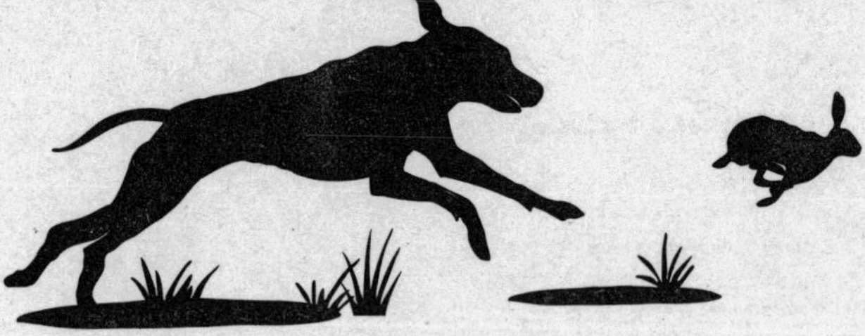

# 捕猎

这个地区有很多可供人们捕猎的野物，它们当然也是我们追逐的对象。"我们"的意思是，小山负责发现它们并在后面追撵，而我一般只是旁观。我们用这种原始的方式戏弄过兔子、野鸡、田鼠、鼹鼠、野鸭和其他水禽。其实，猎物再大一点也没问题，比如雉鸡和狍子，我们是不会畏缩的。当然，狍子只限于某年冬天那个在猎区里迷了路的可怜家伙。那真是激动人心的一幕。它的腿很长，步伐轻盈，白雪映衬下的黄皮毛非常显眼，屁股快要扭到了半空中。虽然它的速度很快，但个头比它还小的小山用尽全部力气死死地跟在后面。我又激动又紧张地关注着它们之间的对抗，并不期待什么胜利的结果，因为这是小山和我第一次遇到狍子。可是，结果和目的不明确的事情丝毫不会降低小山的热情，也不会减少我的兴致。我们是为了打猎而来，并非一定要获得猎物。更何况前面我已经说过，卖力奔跑的是小山，它不会从我这儿得到道义之外的任何支持；而且对它来说，打猎只是自己的事情，直接去做就是了，没办法合作。我要特别强调两个字眼："自己"和"直接"。只要是指示犬，自然而然就会捕猎，天生就知道那是怎么一回事。有时候我也很好奇，这究竟是怎么传到小山这里来的，是否有一种关于捕猎的密码被编在它们的记忆里，当猎物出现时便自然被唤醒？在它所处的这个阶段，个体经验与种群生活肯定不会比人类分离得更完全，生死与轮回似乎也只是存在状态的一种更替。也许犬类的血统传承比其他物种的更发达，以至于人们会认为它们具有天生的经验以及对于天性和本能的回忆。其实这一切都是矛盾的，来自远古的记忆会不会扰乱它自身获得的经验？我揣测着小山追逐猎物时的想法，渐渐变得不安。可是看到它投入的表现，我便很快放弃了胡思乱想，正如小山果断地忘记了那次血淋淋的事件——它是那件事的目击者，而我则从那次经历中获得了许多反思。

我习惯在中午时带它外出捕猎，通常是午间十一点半或十二点。要是在炎热的夏季则改为下午较晚的时分，比如傍晚六点左右，或在这个时候选择第二次外出。不管怎样，下午我的状态通常会比清晨第一次睡眼惺忪、漫不经心散步时更好。清晨的清新和完美早已过去，一天工作所付出的精力、面临的各种困难、苦心经营的各种事业、纠缠不清的各类人等使我疲惫不堪，这时我的头脑早已充满负担，只能寄希望于一种简单的关系，希望在最后的行动中找回本能的机智与果断。这种关系便是我与小山之间的关系，带它去散步可以带给我真心的快乐，激起我所剩不多的活力，让我有精力面对这一天剩下的时光，把一些事情处理好，所以我怀着感激之情描述这段时光。

当然，我们并非按日子规定当天必须盯住某一种猎物，比如今天只打兔子或野鸭。其实，通常情况下，我们是枪口撞上什么就打什么。这样的话，我们并不需要走多远就能遇到猎物。整个捕猎的过程可以从走出家门就算起，因为屋后的洼地里就有很多田鼠和鼹鼠。严格地说，这些有着银灰皮毛的小家伙算不上野物，但它们实在太爱鬼鬼祟祟到处打洞了。老鼠往往比较机警，不像鼹鼠那样几乎是瞎子，经常趁没人便在光天化日之下到处乱窜。可是一旦危险来临，它们立刻就钻进黑咕隆咚的洞穴里，动作之迅速，让人惊异它的小腿怎么运动得那么快。这对于小山的捕猎本事来说是一种考验，于是它们变成了小山偶尔能获得的唯一猎物——一只田鼠或一只鼹鼠对它来说也是一顿大餐,在营养不丰富的时候显得非常重要,要知道它的饭盆里常常只有一点儿没滋味的大麦粥。

我拄着手杖,沿着白杨树林荫道走了没几步,小山还没活动开身体,我就看到它在右侧的栏杆上完成了一组非常精彩的翻越。可见捕猎的激情已经控制了它,除了周围潜在猎物的隐蔽活动诱惑着它,它对其他的一切都视而不见、充耳不闻。只见它紧张地摇着尾巴,谨慎地抬高腿,悄悄钻入草丛,走动几步便停了下来,只见对角方向有一只前腿和一只后腿抬在半空中。小山微微歪着头察看,噘起嘴往地里左探右探,同时竖起的耳朵从眼角边朝下垂着,用两只前爪轮流扒开草丛搜索着。忽然它向前一跃,再一跃,脸上浮现出怀疑一切的表情——这里刚才明明有东西在动,为什么不见了呢?然后,它开始双爪刨地,继续向深处寻找……我怀着极大的兴趣等它回来找我,也盼着它能成功。可是毫无进展,它似乎想把积攒了一天的捕猎兴致都消磨在这片草地上。我可不愿一直等下去,于是不等它便往前走,哪怕它压根儿没有跟上来,甚至没有抬头看看我往哪个方向走了。我的足迹和气味肯定比一只鼹鼠更明显。如果看不到我的身影,它就会用双爪划拉划拉头,随后我便听到身后有狗牌一阵叮当作响。它迈着坚实有力的步伐向我奔来,很快就赶上了我,从我身边蹿过,然后掉转头来,摇着尾巴向我报到。

可是,在外面的树林里或河边的草地上,发现它正在抓老鼠时,我会不时地停下来看着它,哪怕今天我们出来的时间晚了,再看下去可能散步的时间就不多了。它那不顾一切的劲头实在太吸引人了,那股热情感染了我。我在心底祝愿它,希望能亲眼看到它成功。它开挖的地方从外面看不出什么特别，也许就是一棵桦树根部的一个遍布青苔的小土包。它却依靠听觉和嗅觉判断出那里有猎物，也许还料到了猎物会怎么逃走。小山很有把握地知道，对方就躲在泥土下面的通道和巢穴里，只要找到它就行了。于是它带着不顾一切的专注劲头拼命挖掘，并没有露出愤怒的神情，而是满怀热情，这令我肃然起敬。小小的虎斑纹身体就像是一张弓那样拱起，肌肉绷紧，肋骨从皮毛中显现出来，尾巴以最快的速度摆动着，头夹在两条前腿之间，钻进已经刨开的坑里去。它转开脸，用金属一样坚硬的爪子不停刨着，进展飞快，只见土坷垃、小石块、木屑、草茎在它身后乱飞，甚至径直蹦到我的帽檐下。周围都很安静，在一片寂静里只能听到小山的呼哧声，它挖开一个坑之后就用大嘴把里面那个精明又胆小的家伙拦住。它快速地吸气再呼出，然后抽动着鼻子用力嗅着,声音听起来很沉闷。它嗅到了细微、有些呛人的老鼠味,或许还在土壤下面很远。听到这样近的呼吸和掘土声音,下面的小动物又会是什么样的心情呢?嗯,这得问它自己或问上帝了,因为是上帝造成了小山与它的天生仇敌关系:一个是猎手,一个是猎物。再说了,害怕也是必不可少的体验。如果没有小山,老鼠可能会觉得日子很无聊呢。它眨眨小眼睛就冒出来的鬼主意上哪儿去发挥呢?正因为如此,这一对矛盾才能成立,双方的条件平衡起来,即使小山的体形和力量占优势,也不可能每次都成功。从感情上来说,我肯定站在小山一边,并不同情老鼠。这使我不甘心只当看客,而是希望通过自己的行动来助小山一臂之力。我用手杖为它清除挡路的砾石和树根,它在忙个不停的同时还不忘向我投来感激的一瞥。它一头钻进小洞里,拱起两小堆坚硬的、夹着草根的泥土，抛到一边，再一次埋头下去，向洞里吹了一口气。受到泛起的气息鼓励，小山的双爪再次疯狂挖掘起来……

大多数情况下，这些都只是白费力气，小山鼻子尖上满是泥土，前肢和肩胛上的毛都弄脏了。它在那块地上嗅来嗅去，最后很不乐意地放弃，垂头丧气地向我走来。"没事的，小山。"我看到它仰着头看我，便摇摇头、耸耸肩，试图让它明白这一次的失败算不上什么。其实，它根本不需要我来安慰，因为一时的失败也没有令它沮丧多久。捕猎就是捕猎，这是一次非常好的练习和努力，它看上去若有所思，好像还在回顾刚才激烈的追逐。不过，一转眼，它又有了新行动，因为猎区里处处都是机会。

当然，小山也有顺利捕获小老鼠的时候，那场面往往使我感到震惊。因为它一旦抓住它们，就会毫不留情地整只吞下，连骨头都要咀嚼掉。也许那个可怜的小家伙还没学会基本的生存技能，找了一个过于舒适柔软的地方做窝，却也不可避免地容易被掘开，让自己处境危险。或许因为这小东西被吓昏了头，知道小山正在身后追它，见到那张一步步逼近的可怕嘴脸便瘫成一团，没力气迅速继续挖洞。是啊，小山的铁爪可以把它掘出、捏碎，抛到半空中，暴露在强烈的日光里，倒霉的小老鼠怎么能不恐惧呢？这种巨大的恐惧很可能已经使它半昏过去了。这也有好处，起码它不必睁着眼睛经历之后的一切。小山咬住小老鼠的尾巴，反反复复将它甩到地上，从小老鼠的身体里发出微弱的吱吱声，这是在上帝摒弃它前它发出的最后呻吟。紧接着，小山一口咬住它，那在阳光下闪着白光的尖牙穿透小老鼠的皮肉。小山分开双腿站立，重心都在前爪上，咀嚼时头部向前一探一探地，似乎不停地将食物吐了又吞，试图将它摆正位置。它嚼碎骨头的声音令人发慌，一小块老鼠毛还挂在它嘴边，最后也下了肚。终于吃完了，小山欣喜万分地围着我转圈，似乎在表演胜利之舞。我自始至终拄着手杖，在一旁麻木地旁观。"你还真是个了不起的大人物，"我怀着恐惧称赞它，并象征性地点了点头，"你可真是个出色的、冷血的杀手啊！"不知它是否理解，听了这些话之后，小山更加躁动，只差不能仰天大笑了。我继续向前走，带着刚才一幕给我的震惊和恐惧，可是我心里却又因为生命那种粗野的幽默而愉悦。小山捕食这件事符合自然界优胜劣汰的法则。一只还没学会求生本能的小老鼠被猎犬撕成碎片，如果这种情况下我用手杖制止了小山，这便是人为地违反了自然法则，所以我还不如持观望态度，静等这一切的发生。

　　一只雉鸡被吓到了，它正在灌木丛里栖息或躲藏。可是小山灵敏的嗅觉又怎么会放过它？精密搜寻之后，小山发现了雉鸡，雉鸡也发现了小山。突然，雉鸡从灌木丛中飞起，火红的长羽毛扑闪着，发出噼里啪啦的响声，同时还伴随着惊恐和愤怒的鸣叫声，仓皇逃脱的时候还不忘排便。可是禽类的脑子很有限，它只是落到附近一棵树的树枝上，继续对着我们发出奇怪的叫声。小山直起身子，攀着树干朝它狂吠。"飞起来吧！快飞啊！"小山不怀好意地鼓励着雉鸡，"继续飞啊，蠢货，我好跟着你跑几步！"可怜的雉鸡实在无法忍受这咄咄逼人的吠声，只能从树枝上离开，低低地掠着地面飞行，不时地发出悲鸣。而小山却毫不在乎，在平地上穷追不舍。

这就是它最大的乐趣，只是希望这样，并没有什么目的。即使抓住了雉鸡又能怎样呢？估计什么事儿也没有。我曾经见过它是怎样抓住一只的。大概是因为之前睡熟了,迟钝的雉鸡发现敌人时已经太晚,没来得及从灌木丛里飞起来。小山用爪子踩住雉鸡,对自己的胜利感到有些困惑,下一步应该怎么办才好呢?那雉鸡只有一只翅膀不停地扇动,伸长脖子不停地叫唤,听起来就好像是树丛里有个老太太被杀了。我赶过去,以防小山做出什么过分的事情来。可是看一眼我就放心了,因为小山也束手无策,只是带着厌恶和好奇的神情看着自己的猎物。它甚至无法忍受脚下发出的怪叫声,这次偶然的胜利带给它的更多是尴尬,而非喜悦。它是否会因为耻辱感而扯下雉鸡尾巴上的几根长羽毛?我看到它真的这么做了,用嘴唇而不是牙齿,之后就一摆头把它们吐到一边。然后,它居然放了那雉鸡,并非出于一时或天性里的善良,而是觉得这样抓住的猎物很无趣,似乎过程中的愉悦远大于结果。那只雉鸡也非常震惊,我估计没有哪只鸟儿能像它这样被狗抓住却安然无恙。它大概觉得自己已经活不成了，所以此刻连逃命都不会了。它仍躺在草地上，静静等待着小山再次抓住它，然而没有。它挣扎着踉跄几步，飞到附近的一棵树上，可是并没力气抓稳，看起来好像随时都会掉下来。等了很久，它才重新振作精神，而且闭上了嘴不再啼叫。雉鸡默默地、低低地飞过草地、公园、河流，到了对岸的森林里，然后继续向前，远远地逃离此地，肯定再也不会回来了。

不过，猎区里还有很多它的同类或同伴，小山还有机会跟它们有礼貌地玩耍追逐。现在看来吞食老鼠是它唯一犯下的杀生之过，而且那次杀生也纯属无聊。凭着嗅觉和听觉来寻找，使得猎物惊醒，然后追逐奔跑，这些就是它捕猎的目的。这样看来非常高尚，任凭谁看到它奔跑嬉戏的样子都会觉得非常潇洒、精彩，堪称完美！它曾经像个山村里来的笨手笨脚的小伙子，现在却能作为羚羊猎手矗立在岩石上，那是多么生动的一幕啊。每到这些时候，小山身上的高贵、真诚和优良的品质都被激发了出来；这也是为什么当这些特质没有机会得到施展时，它会如此饱受折磨，渴望一展身手。它不是杜宾犬，它是一只教科书式的指示犬，并且从它所做的每一个勇武、阳刚、纯朴、不断变化的动作中可以看出它乐在其中。当它带着弹跳小跑着转过茂密的树林，突然因为什么动静而定在那里，一只前爪还抬在半空中，脚掌微微向里弯曲时，这一聚精会神的时刻集中了所有美好的品质，机敏、细心，我不知道还有什么能令我像看到它这样时眼前一亮。可是这时，它却尖声呻吟起来，大概是什么植物的刺扎进了脚掌里。对疼痛几乎没有忍耐力的它接着就大叫起来，这倒能反映出它天性中的纯朴和直爽，却也使得它刚才那种潇洒和威严一扫而空。

明天照常,小山!

我看着它惨兮兮的样子,想起了它倒霉透顶的那一次。那一次它几乎丧失了全部尊严,跌回到我们在山区客栈首次见到它时那样的身体和精神上的双重低谷。我不晓得它究竟得了什么病。当时它的口鼻或脖子某处一直莫名其妙地冒血,即使到现在我也不知道是怎么回事。无论它走到哪里,血迹就跟到哪里——猎区的草地上、狗窝的干草垫上、起居室它踩过的地方。从表面上看找不到任何外伤,但它的嘴巴总是像刚拱过一桶红油漆。打喷嚏时,鲜血会呈雾状喷出来。它试图用爪子抹去痕迹,但越抹面积越大,脚趾上的血迹渗入了皮肉。我们仔细检查也没能找到伤口。这令我们不安,莫非是肺痨或狗瘟,莫非遭遇了天性不能抵御的大病?过了几天之后,我实在无法忍受这可怕的现象,决定把它送到兽医那里瞧瞧。

第二天中午,我态度友好却又坚决地为它戴上口套。没有狗喜欢戴那个皮革质地、网格状的玩意儿，小山也对此非常抗拒，不停地摇头，用爪子抓挠。我只顾用绳子牵住它，走上通往城市方向的林荫道，穿过公园和街道，来到大学城，这里有一家兽医医院。在候诊室里，顺着墙边坐着几对主人与他们的狗，大小和品种都很不一样。每只狗都被戴上了口套，被一条细绳拴住了脖子。有一位少妇带着她中风了的哈巴狗；一个仆人打扮的男子牵着一只威猛的白色俄罗斯猎犬，它时不时沙哑地咳嗽几声；一个乡下赶来的人牵着一只达克斯犬，它看上去四肢都有些不对劲儿，严重地扭曲着，大概需要接受外科整形手术。另外还有一些其他宠物，诊所的职员按照顺序将它们迎接到隔壁的诊疗室里。终于，他也为小山打开了门。

医生是一位年纪很大的教授，穿着白色的手术服，戴着金丝眼镜，头发卷曲着，一举一动都显露出他经验丰富且宅心仁厚。我对他产生了一种信任感,毫不迟疑地告诉他小山的症状。在我陈述时,他就像父亲一样专心致志地观察蹲在他面前的"病人"。"你的狗有一双漂亮的眼睛。"他称赞说。还好他没有说它的翘胡须。他决定给小山做一次全面检查。小山虽然惊恐万分,却没有反抗。它被摆在一张诊疗台上,医生用听诊器认真地为它检查,就像我从小到大接受过的无数次体检一样,这场景真是令人动容。他仔细地倾听小山快速跳动的心脏,变换着部位探听着它身体内部的秘密,接着便把听诊器摘下来,夹在胳膊底下,双手扒开它的眼睛、鼻子和口腔,然后给了我一个令人心安的诊断:这只狗只是有点烦躁和贫血,其他并没有什么问题。出血的原因可能是鼻腔受到刺激或吐血,不过也不能排除是呼吸道的问题,暂时解释为咳血也可以。如果我想要一个更详细的结果,可以先把小山暂存在这里，八天之后再来接它。

我接受了医生的建议，满怀着感激之情离开，在分手时还拍了拍小山的肩膀。医生的助手牵着这位新住院的患者走过院子，朝着后面一栋楼走去。小山不忘用一张充满迷惑和害怕的脸回头看看我，不知道它对住院有什么感受。反正当医生说它的症状是因为烦躁时，我觉得有些过分仁慈，甚至关注起了它的心理健康，而且还让它留在兽医院里。

从那以后，我再去散步时好像是吃了一顿忘记加盐的饭菜，平淡无味，几乎没有什么快乐可言。外出时，不会再有平静的快乐和喧闹的追逐。公园显得无比荒凉，我感觉百无聊赖。在耐心等待小山康复的日子里，我不停地给医生打电话，询问它的情况。诊所里的一个工作人员机械地解释说，在此期间不过多介绍病患的治疗情况，只能说一切正常。在它住院一周之后，我决定去看看它。

诊所里有许多路标和指示牌,所以我没怎么绕弯就来到了小山住的"病房"前,并没有理会门边挂着的牌子上写着"访客请敲门"就直接闯了进去。这个不算太大的房间给人一种住满野兽的感觉。那种动物园里圈养野兽的荷尔蒙跟各种药味混合在一起,让人感觉闷不透气却又莫名激动,我不舒服得快要呕吐。房间里到处摆放着笼子,几乎住满了各种各样的"病人",它们冲着我这个闯入者发出低沉的吼声。这时一位护理员简短地回应了我的问候,他没有停下手中的工作,而是任我自由行动。

环视一周,我便认出了小山,径直向它走去。它趴在自己笼子的后部,里面有一个树皮做成的垫子,上面散发着历任房客以及甲醛皂液的混合气味。看上去,它就像一只野兽,一只疲惫不堪、无精打采、压抑着愤怒的豹子。它对于我的出现并没有表示出快乐的神情,只是尾巴在地面上拍打了几下。当我呼唤它的名字时,它才强打精神,把头从爪子上微微抬起来,马上又重新恢复姿势,并且斜着挤了几下眼睛。笼子后面有一个盛水的陶罐,栅栏旁边有一张说明它情况的表格,上面用钢笔写着它的名字、种别、性别和年龄,还画了一条体温曲线。表格内容如下:"指示犬——杂交,姓名小山,雄性,两岁。症状为不明出血。"上面还写着它的入院时间,紧接着便是它波动并不大的体温曲线以及相应的脉搏数据。看样子医生还算是负责,但为什么它的精神状况那么差?

"这是您的狗吗?"穿着工作围裙的护理员走近我。这是个高大、红脸膛的大胡子,手里拿着整理铁笼用的耙子和铲子,褐色的眼睛里有些血丝,但目光看上去坦率、潮湿,眼神很像狗。

我对他的问题做出肯定的回答:我已经跟医生

电话约好了今天上门看看情况。护理员往我刚才注视的表格上扫了一眼:"是的,这只狗总是不知道为什么出血。现在还没查清楚病因,这种病往往需要检查很久。"可是,小山在诊所里的这段时间应该受到了观察和监护,我便问他小山是否还持续出血,他说:"是的,有时候是会反复。"

我又看了一眼体温曲线。由于不清楚犬类的体温标准,我便问他是否发烧。他说:"不,它没有发烧。体温和脉搏都是正常的,一分钟九十次左右,再少就不正常了。这只狗除了神秘出血之外都很健康。刚来这里时,它整整嚎叫了二十四小时,之后也就习惯了。当然,它不怎么爱吃东西,也不活动。"我问他拿什么来喂它们,他说大部分时候是粥,但小山吃得并不多。"它看起来很沮丧。"我总结说。的确,但仅是这一点似乎也不让人过分担心。对于一只狗来说,关在笼子里被限制自由,还要被观察和喂药的感觉当然好受不到哪里去。这里的狗看上去都蔫蔫的,当然,这是指比较老实的狗。还是有些狂躁分子,见到人就想咬。小山倒不会这样,这只听话的狗就算被人观察到死,也是不会咬人的。这一点我和护理员达成了一致。

"还需要多久才能有结果?"我问对方。他看了看表格,犹豫地说:"还需要八天吧。医生说这对观察来说非常重要。"我约好了八天之后再来,那样小山住院总共就有十四天了,到时我希望得到它生病以及治疗的详细信息。

临走前,我试图安慰小山,唤起它一丝丝热情。它看到我离去也没有什么强烈的表示,肩膀上好像压着某种痛苦和绝望。它似乎正用冷淡表示着对我这个主人的轻蔑和不信任:"你居然忍心把我留在这里!把我关到一个陌生的地方,还在铁笼子里,我对你不抱任何希望了。"它居然这样想我,简直是疯了。我不仅容忍它出血给我的生活造成的不便,还亲自将它送到专业诊所来,我的本意是好的。它自己可能并不觉得出血是什么大事,我却认为让医生全面关照一下,以便保持良好的状态,这是非常必要的。当时,医生就像是给伯爵的儿子看病似的,认为它出血是因为"烦躁和贫血",连我都觉得有些受宠若惊。我这样做都是为它着想!可是它怎样才会理解呢?我把它像一头美洲狮一样关在栅栏里,不能享受新鲜空气、阳光和自由,这难道就是为健康考虑吗?天天用体温计和听诊器来打扰它,就是对它的殷勤关切吗? 在回家的路上,我不停自问。在探视之前,我只是想念它,但现在我却为它的心理状态更加担忧,而且还伴随着深切的自责。深究我送它去医院的动机,说到底也是一种作为主人的虚荣、自私和傲慢。此外,也不能否认,可能我还想摆脱它一阵子——我很好奇,没有了它忠诚的护卫和陪伴,我是否还能内心平静地在踏上林荫道时向左转或向右转。我的选择不会引起外界任何的反应,不管我的感觉是轻松还是苦涩,那又说明了什么?自从小山住院之后,我的确享受到很久都没再体验过的精神独立:没有谁会从窗户跳进我的书房,也不会有谁苦苦等在玻璃门之外;没有谁见到我就用脏兮兮的爪子扑上前胸,令我感动大笑并带它出去散步;也没有谁在意我是留在家里还是外出办事,在出门之后到底是去城里的公园还是走向原野……我有一种如释重负的轻松,但也缺乏出去散步的动力了。与小山的状况相似,我的健康也大打折扣。在一番道德斗争之后,我对小山的同情战胜了渴望自由的自私。

第二周很快过去,在规定的日子里,我再一次来到诊所,与大胡子护理员一同站在小山的铁笼子前面。它已经不再趴着了,而是侧身躺在垫子上，四肢无力地伸开。由于缺乏清洁护理，它的皮毛脏兮兮的，不再有光泽，里面还夹杂着树皮的碎屑。它躺在那里一动不动，不时抬头看看笼子背后的石灰墙，眼神里透着麻木。我几乎看不出它的呼吸起伏，它的胸腔偶尔隆起，肋骨显得根根分明，粗重的呼吸声里夹杂着令人心碎的叹息。由于瘦了很多，它的爪子看起来非常大，腿也变长了，看起来有些变形。它对我不理不睬，似乎对外界失去了兴趣。

护理员说，出血现象并没有消失，到现在也没弄明白这毛病究竟出在哪里。不过，这毛病看起来并没有太大危险，我可以选择继续把它留下来观察，或是带回家去，流血可能会随着时间而自愈。我没等他说完就掏出口袋里掖着的绳索，说要带它回家。护理员说我的选择很明智，然后便打开栅栏门。我呼唤着它的名字，可是它毫无反应，只是对着石灰墙发呆。我只得伸手去拽它，抓住项圈把它牵出来，它对我的粗鲁行为并不反抗。再次接触地面，小山晃了几晃才站稳，双腿紧紧地夹着尾巴，耳朵贴在脑袋上，看上去非常可怜。我给了护理员一些小费之后，牵着小山去前台结账。每天的费用为七十五芬尼，再加上第一次医生的诊疗费，总共十二马克五十芬尼。它的皮毛里还带着药水和其他狗身上的味道，我牵着它踏上了回家之路。

　　小山在肉体和精神上都被摧毁了。动物的身体往往更直接地表明了它们的精神状态，这一点比人类更接近自然。我们常用的一些成语可以传达出这种信息，比如小山此刻"垂头丧气"，就像是一匹再也拉不动货物的马，不停地颤抖着。这还不是最严重的。它腿上生疮，也不去驱赶落在鼻子上的苍蝇，脖子上似乎挂了千斤重的秤砣，头快要触到地面。在诊疗所里的两周，它回到我们收养它之前的状态。它就像是一个影子,当然,不是那个在猎区里快乐、骄傲的影子。它在洗澡盆里被肥皂反复搓洗着,渐渐没有了诊所里的气味。人类通常认为洗澡具有一种象征性的意味,但对小山来说,这仍然无法洗净它内心的创伤。回家之后的第一天,我就带它去了猎区。它一时还没有认出周围的环境,只

是呆呆地垂着舌头，无精打采地跟在我身边。之后，它主动在自己的狗窝里趴了几天，还像是停留在诊所的铁笼子里那样驯服，看得出它的内心非常疲惫。往常，健康的小山总是流露出一种焦躁不安，敦促我出去遛遛，而现在我不得不把它从粗布门帘后面连拉带拽地拖出来。面对食物时，它重又上演刚到我家那时的狼吞虎咽，看起来实在不怎么体面。渐渐地，它从日常生活中恢复过来，又像往常那样真诚热烈地问候我了。清晨，它听到我的口哨便兴奋地冲过来，前爪一搭就放在我的胸前，伸着嘴巴舔蹭我的脸颊。我们又在大自然里找回了过去的乐趣。它保持着优美的警觉，重新抬起一只脚，准备下一秒就跳进灌木丛中追寻猎物。很显然，它忘记了自己的创伤。它始终无法理解住院的事情，只能把那当作主人的一个荒唐决定。那什么也没解决，它也无法原谅，但时间会掩盖一切，就好像人类之间常常发生的那样。我们可以越过伤痕继续生活，没有说出的事情往往会被忘记……

几个星期之后，小山的鼻子上还会出现血迹，但间隔的时间慢慢拉长，接着就再也没有过了。事情就这样过去了，究竟是什么造成了出血，似乎也不那么重要了……

才发觉我花了太多笔墨讲述诊所里的事情，已经跑题太远了，还请读者们原谅。现在，还是随着小山和我再次回到猎区去吧，在那里它可以纵情奔跑。不知道你们是否熟悉狗在追捕猎物时那种兴奋的、带着哭腔的狂吠，我在其中听出了愤怒和喜悦、渴望和悲情。小山经常发出这样的叫声，醉心于追求自己的激情，丝毫不顾对周围环境的影响。但对我而言，每一声充满野性的叫声都能令我感到惊喜。我也为小山的快活感到高兴，赶紧循声而去，希望可以目睹它追逐捕猎的场景。要是它正好

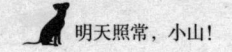

从我身边掠过，我便像中了魔法一般定在那里，激动的神色让我的面部表情都发生了扭曲。

看，那只胆小的兔子！它机警地竖着耳朵，脖子缩到身体里面，后腿用力向后蹬着，黄白相间的尾巴翘到了空中，拼命跳跃奔跑以求逃生，狂吠的狗儿则紧跟其后。它的激动只是出于胆怯的本能，我想它心里应该有数，小山根本跑不过它，也不能对它构成真正的危险。小山从没有抓住过一只活兔子，这只兔子的兄弟们肯定无数次从它眼前逃脱过。或许别的猎犬很轻松地就能抓住野兔，但小山却不能，它不会像兔子那样"突然改变方向"，这就是决胜的一招。野兔能够换一个方向继续跑，这是它天生就具备的逃脱能力，在面临小山这样的敌人时非常管用。小山对此毫无办法。

这一对冤家还在追逐着，斜穿过树林，朝着河边跑去。兔子不能叫出声，小山则在身后"虚张声势"。我在心里给它出主意:"别叫了,这会消耗你的体力。你应该节省一下肺活量,大口呼吸,这样才有劲儿追上兔子!"显然,我在内心里也参与到了追捕之中,而我将永远站在小山这一边。它的激情感染了我,我多么热切地希望它抓住那只兔子,哪怕把它撕扯成碎片呢。小山奔跑的姿势多美啊!再没有什么能比看到一只猎犬绷紧了肌肉、鼓足了力气奔跑更令人愉悦的了。它们之间的差距在缩小,紧接着就跑出了我的视野范围。我急忙跟上去,前面没有路,我必须穿过公园赶到河边去。还好我及时赶到了砾石滩,没有错过这场激动人心的决战。在我看来,这次小山大有希望。它似乎收到了我的建议,不再吠叫,而是咬着牙一个劲儿向前追。"扑上去啊,小山!"我差点儿喊了出声,"对准之后就扑上去,要不它又要变换方向了!"可是就在这时,兔子突然灵活地转了一个直角,小山的动作只晚了一秒钟,却从兔子尾巴旁冲了出去。它无奈地来了个急刹车,原地转身之后,向着新方向奔去。我想它在内心中早已痛苦地承认,这次无疑又失败了。此时,兔子早已领先一段路,几乎就要甩掉小山,冲着树丛就钻了进去。此时,小山却绝望地停住了脚步,因为它没看清,也没闻到兔子往哪边去了。

"又是白费力气,不过很精彩!"我心想,"对于捕猎这件事,一定需要好几只狗围猎才行,五六只,甚至一大群,有的从侧面攻击,有的直接从正面断路,只要逮住了就直接咬脖子……"我在心里排兵布阵,眼前仿佛已经出现了群犬围攻野兔的场面。捕猎的激情让我浮想联翩,其实无辜的兔子又对我做了什么呢?我为什么想让它尝点儿苦头?只是因为小山是我的伙伴,我跟它的感受更加亲近,所以希望它能成功。但野兔只是一个可怜无助的小东西，它只不过希望在灌木丛里啃点嫩树叶什么的，却倒霉地遇到了我的猎犬。但我还是掂了掂自己手中的手杖，多希望它不是一根派不上用场的杆子，而是一种可以遥控、结构和功能更为高级的东西，那么我就可以用它来帮助小山截住野兔，由它完成最后的抓捕。这样也不需要其他的狗了，只要我和它就能做到。小山只需利用嗅觉发现它们，并引起它们的惊恐和逃跑，其他就可以交给我。但事实上，小山却是那个一遇到改变方向就栽跟头的家伙。不仅是面对猎狗，野兔在其他场合也会这样做。对于野兔轻而易举的事情，对于小山来说却是一不小心就会有扭断脖子的危险。

这一场看似热闹的捕猎往往在几分钟里就结束，兔子逃进灌木丛里藏了起来。小山没头没脑地四处寻找，毫无目的；而它的同盟军，也就是我，在后面徒劳地大喊大叫，用手杖指出兔子逃跑的方向，但小山并没有回头看我一眼。这样的捕猎一次次地在猎区上演，小山的叫声就像是猎人的号角，在这一带回响。我只能放弃对它的希望，重新走我的路，没多久它就回到了我的脚边。天啊，看它那副样子，口涎泛着白沫，肋骨随着呼吸剧烈地起伏，长长的舌头从歪嘴里垂下来，大口喘息着就像一台蒸汽机，奔跑使得它双眼通红肿胀。我对它说，咱们不着急向前走，可以休息一下。如果这一幕发生在冬天，冰冷的空气遇到热乎乎的口腔会升腾起一团雾气。有时口渴，它会大口吞食路边的雪。可是，当它趴在地上抬起迷惘的眼睛看着我时，我又想要嘲笑它。"小山，兔子在哪儿呢？"我可能会问，"你怎么没把它抓回来啊！"小山只能丧气地用尾巴拍拍地面，算是对我做出回应，肋骨还在夸张地起伏着，鼻子到处嗅着，似乎要掩饰自己的尴尬和内疚。而我其实也在掩饰，因为作为主人，我没能用手杖拦住兔子，助它一臂之力，也是我的失职。然而，它永远不会知道我的真实想法，因为我总嘲笑着把事情归罪于它……

在与野兔的嬉戏中还出现过一次有趣而奇特的意外，我到现在都没弄明白，那只兔子是怎么跳到我怀里的！那一次，我们在河边缓冲地带的黏土路上散步，小山还是徒劳地追撵着，我穿过砾石滩和芦苇丛，从斜坡上跃下，重新回到马路上。这时，一只失魂落魄的野兔正从船工的别墅方向跑来，小山在它身后穷追不舍。我刚好转过身观战，这时兔子正对着我冲了过来，出于微乎其微的猎手本能，我手中攥着手杖，堵住它的去路。虽然野兔的嗅觉提醒它前方有危险，但它又把纹丝不动的我当成了一棵树，我可以静静地"守株待兔"。我不知道它会不会在最后一刻转换方向，只能充分利用一切机会。但我怎么也没想到，这只昏了头的兔子在发现我之后竟然像一只小狗一样蹿到我的怀里。它的尖爪子钩住我的外套,脑袋钻进了我的怀里。我是它身后那只猎犬的主人,不是吗?!我向后仰着头,抬起胳膊,俯视怀中那个惊恐的小家伙。它居然也抬头望向我,大概只持续了一秒钟。但我清楚地看见了它的模样:长耳朵一只竖起,一只耷拉着,两只红眼睛直发亮、微微凸出,嘴唇豁成三瓣,嘴边点缀着长胡子,胸前和爪子上有着白绒毛。我甚至感觉到了那颗狂跳不已的小心脏,它居然在我的怀里寻求保护,我可以那么近距离地观察它,真是太令人震惊了!过去我看到的都是它张皇逃跑的样子,这一刻,我仿佛不再是小山的主人,而是野兔的主人。只这么一秒钟,兔子就松开了它的爪子,沿着膝盖跳了下去,重新开始逃窜。这时小山赶到了我面前,它的狂热遭受了我的冷遇,因为这个自以为是"野兔主人"的人用手杖敲了它一下。小山尖叫着拖着后腿，绕开我继续追兔子去了。当然，以这样的速度，它是无法追上我的野兔了。

最后，我还想写一写捕猎水鸟的故事。在冬天过去但仍春寒料峭的时节里，鸟儿们还停留在城市附近。为了填饱肚子，它们还不能此刻就飞去荒芜的湖边，这里是它们的过渡地带。撵鸥禽并没有像追逐兔子那样激动人心，但对猎人和猎犬来说仍有很强的吸引力，或者说对猎犬来说更有吸引力。更何况是在风景还不错的林区，周围就有流水和植物。此外，观察那些能浮水也能飞翔的禽类也是不错的休闲。我们也好像忘记了自己的生活，尝试着参与它们的寄居。

与鸥鸟相比，野鸭们更具备柔和、随意和舒服的生活情趣。它们习惯于吃得很饱，很少为饿肚子而发愁。这大概也是因为它们几乎来者不拒，什么都吃，比如爬虫、蜗牛和昆虫，甚至连淤泥也能入口。吃饱之后，它们就花大把的时间在岩石上晒太阳，把长长扁扁的喙舒服地藏在翅膀下面。它们的羽毛上像是涂了一层油，水渗不进去，只能从羽毛表面上一滴滴地流下来。睡醒之后的消遣往往是在河面上戏耍，尾巴快要翘到了半空中，鸭蹼踩着水、掌着舵，整个身子在旋转，一副自鸣得意的样子。

但就算是鸥鸟，在天性中也有一些野性、沉闷、单调、甚至有些抑郁的东西，或许是因为食物的匮乏使得它们不得不进行一些掠夺式的捕食。它们终日成群结队地飞翔，只是飞累了或有危险时才做出编队变化。它们围绕着瀑布和排水管上空盘旋，偶尔出现的小鱼不能填饱饥饿的肚子，所以它们不得不抢食人类食物的残渣，含在鸟喙里飞到一边去享用。一般来说，它们不会在岸边停留，而是站在水浅的地方或礁石之上，挤成白茸茸的一片，让人根本看不到礁石，就好像大群绒鸭占据了北海的岛屿那样。小山经常隔着岸吓唬它们。一开始，鸥鸟们还很当真，全部鸣叫着飞向天空，那架势可以说是遮天盖日。后来，它们感觉到小山天生怕水，并不能威胁到它们，自信非常安全。说到这里，小山对于河水有一种恐惧。在溪流中，它还要提防不要淹到头部，所以总是自觉地与河岸保持距离。它知道自己的力量不够与流水抗衡，会被卷去很远的地方，没准一路漂到多瑙河。而真到了那里，它的模样肯定好看不到哪里去，就好像我们在路上曾经看到过的淹死的猫，那身子早已被水泡得发胀。所以小山最远也就是冲到岸边的大石头上，哪怕它满身的捕猎热情就要燃烧起来，脸上的表情好像准备冲进激流，但在关键时刻它总能及时刹车。我相信小山是不会冲下去的，它非常谨慎，在狂热中也能保持一份警惕。它只是装出样子来吓唬对方，到头来却不被这种激情所驱使。

　　水禽相比起来就没那么有心计，丝毫没有看穿小山的计谋。小山抓不住它们，所以只能在岸这边跳脚狂吠，而这叫声显然也对鸥鸟们产生了影响。它们一开始保持不动，但终究无法长久忍受小山的挑衅。不知其中哪一只先躁动不安起来，于是一只只都转过头来，拍动着羽翼。然后，整群鸟儿轰的一声飞了起来，就像一朵平地腾空的白云，却不像云彩那样悠闲安静，而是发出刺耳的尖叫。小山在大石头上来回蹦跳着，使得鸥鸟们保持惊恐的状态。它在地上追赶，鸥鸟们便一直向河流的下游飞去。

　　小山沿着河岸飞奔，整条河边都栖息着野鸭。此时它们吃饱了，正把喙藏在翅膀下面舒服地享受阳光，却也被小山惊动了。无论它跑到哪里，水禽们都会在它前头乱飞成一片，看起来就是一场大扫荡。飞得快的鸥鸟们滑翔着,平安降落在水面上,那是猎犬无法触及的安全区。它们自感无虞地在那里摇摆,而小山只能在岸上奔跑,用脚跟它们的翅膀较量。

小山很感激鸥鸟们的配合,它渴望鸟儿永远不要落地,那么它就可以尽情奔跑了。鸟儿们显然也知道它的心思。有一次,我看到一只野鸭妈妈带着一群小绒鸭。那时已经是春天,大批的禽鸟已经飞走了,而它因为带着雏鸭尚不能迁徙,于是就占据了上次发洪水时留下的一片洼地。小山就在那儿发现了这一家子,而我留在地势较高的马路上观看这一幕。小山跃入洼地,对着弱小的对手张牙舞爪,狂吠着驱赶野鸭一家。但它并没有伤害任何一只,只想吓吓它们。还没学会飞的小绒鸭们挣扎着拍动稚嫩的翅膀,向四面八方逃去。而鸭妈妈则表现出一种无私的母性,为了保护它的孩子们,盲目而大

明天照常，小山！

胆地主动向小山出击。那种大无畏的气势显然早已超过它的能力范围，它气汹汹的架势把小山也弄糊涂了。母鸭最大限度地张开翅膀，长喙一张一合，勇敢地扑到小山身上，想要啄它的眼睛。小山看上去惊慌失措，进退两难。母鸭反复地往上扑着，同时发出威胁似的叫声，而且很得意地看到它拼上性命的进攻已经让敌人不知所措了。可是，小山并没有选择退缩，它又一次狂吠着向母鸭扑去。这时母鸭改变了策略，刚才的主动进攻已经宣告失败，它冷静下来寻找小山的弱点。果然，它看穿了猎犬近乎于傻的愿望，便装作抛弃孩子们向远处飞去，引得小山在后面穷追不舍。实际上，它只是想把小山从孩子们身边引开，沿着河岸来回地飞着。小山在地上与它赛跑，离水洼越来越远，渐渐向下游跑去。这时我的狗已经跟着水鸟跑远，完全看不到踪影。不久，它终于发现自己上当了，才又垂头丧气地粗喘着向我跑来。当我们再次路过那个水洼时，母鸭和小绒鸭早已离去，一片空荡荡的……

母鸭这样耍它，小山却对它感激万分，因为对方将它视为威胁。它憎恨那些不慌不忙、丝毫感受不到它的存在，或者说不愿意做它"猎物"的野鸭。有时小山向它们冲过去，而这些野鸭只是懒懒地从岸边的岩石滑翔到水面上，一边露出鄙夷的神色，一边悠闲地划着水。它们才不像鸥鸟那样对小山的狂吠神经过敏，心里很清楚它只是虚张声势。于是小山和我肩并肩站在石头上，看着野鸭们在我们面前只有两步远的地方肆无忌惮地戏水。其中一只装作完全听不到小山受伤的叫声，将自己的喙假惺惺地贴在前胸上。那姿态好像是羞涩的天鹅，保持着冷静和清醒，逆着水流冲刷着羽毛。小山站在岩石边缘，苦苦地对着河面吠叫。我在内心也跟它一起叫着，因为野鸭那目中无人的态度深深地刺伤了它，而我怀着同情小山的心理，希望这野鸭尝点儿教训。"至少你也要对我们的叫声有所回应啊！千万别注意旁边的湍流，掉进去才好呢！我们就看着你被漩涡淹没，也不会去救你。"可是，我愤怒又有些无耻的愿望没能实现。它在跌落漩涡的紧急时刻，扇扇翅膀就飞离了危险，然后在几步远的水面上再次落了下来，那模样简直是不知羞耻。

我想起我们当时愤怒地盯着那只野鸭的样子，忍不住要再描写我们的一段冒险。正是这一次使得我和小山之间的伙伴关系蒙上了一层阴影。我们的出游所带来的不仅仅是满足，还有尴尬和困惑，而这一次干脆让我们彼此冷淡下来。要是我能预知到这一次的事件，我情愿当天没有去那里。

当时我们正向河流的下游走去，就在摆渡船工的小别墅对面。我走在碎石滩上，小山在我面前不远处懒洋洋地、一颠一颠地跑着。它先是追赶一只野兔,或者说跟它游戏了一阵子,还无意中惊起了几只野鸭。为了显示出对于主人的重视,它还摇着尾巴回到了我身边。这时,又有一群刚学会飞翔的小绒鸭飞了起来,伸着脖子用力向前进。它们显然已经自觉地排成整齐的队形,与地面保持着一定距离。它们不再像是幼年时听到狗叫就那么紧张,而是丝毫不在乎我们,而我们也对它们没多大兴趣。

这时,在跟这边一样陡滑的对岸,从灌木丛里钻出了一个男人。他的亮相就像是一个演员,吸引了我俩的注意力。小山像我一样停下了脚步,注视着对面。那是一个非常高大威猛的男子,外表看起来有些粗鲁,脸上堆满了络腮胡,脚上踩着绑腿靴,头上戴着一顶粗呢帽子,穿着时髦的灯芯绒裤子,与此相应的还有短上衣,衣服上装饰着皮质的扣子和绑带,背上还有一个旅行包。他单肩扛着猎枪,或者换一种说法,他炫耀式地挎着猎枪。当他爬到一块较为平整的沙地上时,他便端起枪来,腮部紧贴着枪托,枪筒对着天空。他穿着绑腿靴的一条腿向前迈出,左手的掌窝架起了枪筒,胳膊肘撑起身子,而右手则紧紧地扣着扳机,脸上的神情因为瞄准而显得分外庄重。这个人给我们的印象很奇特,在对岸的浅石滩、灌木丛和河流的映衬之下,他与自然景致对峙又融为一体。但很快我们的关切就被打破,对岸响起了一声令人紧张的枪声。那声音吓了我一跳,火光一亮,一团白烟随之升起。那个男人就像舞台上的人物那样,夸张地向前跨出一步,向着天空抬头挺胸,右手紧抓着一把猎枪的皮带。这时候,天空中我们共同注视着的地方,出现了一个短暂混乱的信号,鸭群四散开来,发出激烈的翅膀扑打声,就像是狂风拍打着没扎紧的风帆。紧接着,一只企图离群飞走的野鸭被子弹击中,像一块石头一样砸到了对岸的水面上。

这时,他的打猎只完成了一半,可是我的目光不得不移到了小山身上。我无法准确地概括它所有的动作,只希望大体上能描述出这时的它。我不想用"吓破了胆"一类的字眼,这些含义都过于夸张,事实上并不太符合。小山在听到枪声、看到野鸭坠落时,似乎惊呆了。它全神贯注,忘记了我的存在,那种关注发乎本能。它向后弹跳了一下,紧紧地压低了身子,蓄势准备前冲,肩膀左右甩着,我以前从没有见过它这样,像是受到了内心的感召。它无声地大喊着:"怎么回事?停下,见鬼,这是怎么了!"它被愤怒占据着,好像自己分内的事情被人破坏了。但随即它又开始质疑自己:"我是谁?是什么?这是我吗?"就在那只野鸭落在水面上的那一刹那,小山向前一跃,冲下了河岸的斜坡,准备扑进河里。可是湍急的河水让它有些害怕,加上它又想起了自己并不是对方的狗,就只能克制住自己的冲动，有些羞愧地继续看着。

我有点不安地看着小山的一举一动。野鸭落到水面上之后，我便呼唤它继续前行，可是它没有理会我，蹲坐在自己的后爪上，尖耳朵竖起来，一动不动地关注着对岸的动静。我再次客气地说："我们该走了，小山！"但它只是微微向我侧了一下头，好像在怪我打扰了它，之后又继续观看。我只好放弃，双脚交叉，重心撑在手杖上，也陪它继续看戏。

那只野鸭在被击中之前，跟它的同伴们一起在我们面前大摇大摆地戏水。但此刻，它的尸体就漂在水面上，已经分不出各个部位了。此处的河水比较平缓，但它在水流中还是很快就要被冲走了。如果那个人不是为了狩猎的纯粹乐趣，而是抱着功利目的来打猎的话，他必须赶紧行动起来。事实上，他也是这么做的，丝毫没耽误工夫，很快就循着野鸭而去。猎物刚一落水，他就顺着河堤的斜坡冲了下去，磕磕绊绊地，险些跌倒。他紧握着猎枪，大步流星的样子就像是舞台上的歌剧演员，浪漫极了；随后他又变身为胆大无比的强盗，从乱石堆上纵身一跃。这时，水面上的野鸭正好漂到他面前，不立即抓住的话就那么过去了。只见他用枪托够到鸭子，身子向水面探去，两脚都踩进河水里。眼见他抓紧了鸭子，小心而又艰难地把够着猎物的枪托往回拽，最后终于把鸭子拖上了岸。

事情就这样了，那男人长出了一口气。他把武器放在身边的河岸上，把猎物塞进了身后的背包里，然后重新系好带子，非常快活地背着战利品，挎着猎枪穿过乱石，朝山坡上走去。

"这下子他可能吃上一顿烤鸭了！"我望着那背影，有点儿赞许又有点儿嫉妒，"来，小山，下面没咱们什么事儿了。"可是它站起来在原地打了

捕猎

一个转,又坐了下来,目光始终不离那个背影。直到他从我们的视线里消失,进入到了密密麻麻的灌木丛里,小山仍然呆立不动。我没有耐心继续等它,这里离家还有一段距离,反正我要回家了,它也知道家在什么方向。只要它愿意,它还可以留在这里继续傻坐着发呆。事情已经结束了,不知道它还能看到什么。这时,小山默默地跟了上来。

　　这段路上的气氛有些不愉快,小山也一反常态,没有撒欢乱跑。它紧紧跟在我后面,而不是像过去那样早早地跑在前面,也没有东闻闻西嗅嗅。我忍不住回头看看它,只见它绷着脸,这倒也不值得我生气。我反而觉得很好笑,耸了耸肩。谁知它走了不到三五十步就开始哈欠连天,那种哈欠十分放肆,显得好像牢骚满腹、百无聊赖。在我听来,它这是直截了当地说:"真是一个能干的主人啊!这个主人可真像样子!什么玩意儿!"这种冒犯在我听来非常刺耳，也绝不能容忍，彻底破坏了我们之间的主仆情谊。

"滚开！"我对它说，"快滚！去找你那端着猎枪的主人，给他做伴去吧！他可能正缺一只狗，打猎的时候很需要你呢！他算不上绅士，只不过是个穿着灯芯绒裤子的普通男人。不过，他看起来更合你的心意，才是你真正的主人，是吧？所以我衷心地建议你，不如去投靠他吧。他已经让你崇拜得五体投地了吧！"我甚至诅咒道："不知道他有没有狩猎许可证呢，没准儿哪天你们偷猎的时候会被抓个现行，那可就倒霉了。不过，那是你们自己的事儿，认真考虑一下我给你的建议吧，我的话都很诚恳。你不是猎犬吗？你什么时候给我带回过一只兔子？我给过你指令要抓兔子的，不是吗？你不能快速转变方向，像个傻瓜一样反应迟钝，一鼻子顶在石头上，这都不是我的过错。降低一点儿要求，你抓住过雉鸡吗？家里没有肉吃的时候，它也算是不错的野味啊，很受孩子们的欢迎。你看，每当说你的时候就打哈欠！滚吧，我说，去找你穿着绑腿靴的主人吧，他肯定乐意给你搔搔喉咙，陪你找乐子。我看啊，他根本就不会笑，顶多也是没头脑地蠢笑。要是你哪天莫名其妙地流血了，估计你的主人会认为你是贫血，把你送去兽医那里精确检查，你赶紧去找他吧！不过，你可别小瞧这种主人对于宠物各方面的重视，对于一些细微的差别他们可是很在意的，你没法逃避先天的资质和缺陷，我还用说得更明白一点吗？也就是说，你血统的纯正性以及家族和祖先都需要验证。挑明了说吧，并不是每个主人都能出于人性的温柔而忽略你的出身问题。如果他在你第一次违背他的意愿时就质疑你的翘胡须，你崇拜无比的主人开始用难听的脏名字来呼唤你，那时候你就会想起来我现在所说的话了……"

这一切发生在回家的路上，我难以抑制地对小山刻薄起来。虽然这些话都是低声嘀咕，为了不过分激动才没有大声说出来。但我确信，小山已经准确地收到了我的意思。至少它感觉到了我的情绪，我们俩之间的矛盾更深了。到家时，我刚进门就故意重重地关上花园的小门。它无法跟进来，只能从栅栏上跃过。我连头都不回地登上台阶，走进屋里。这时，小山估计是翻过栏杆时碰痛了肚皮，发出了一声哀嚎。我没有理会，只是促狭地耸了耸肩膀。

不过，那都是很久以前的事情了，至少过去半年多了。时间和遗忘将许多事情掩埋，就像是小山住院那件事一样。我们在曾经有人住过的沼泽上继续过着自己的生活。虽然它看上去好像是反思了一些日子，可是很快又重新快活自在起来，毫无顾忌地捕捉老鼠、雉鸡、野兔和水禽。每次我们刚到

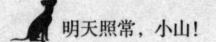

家，它便开始期盼下一次外出。我走上台阶，进门之前总会回头看它一眼，这个信号对它来说意义深刻。小山总是两步就来到我面前，将前爪按在房门上，站直身子等待我拍拍它的肩膀，与它正式道别。"明天照常，小山，"我对它说，"只要我不出远门的话。"说完我便闪身进屋，脱下钉鞋，因为热汤早已摆在桌上了。